KB187335

허풍선이 남작
뮌히하우젠

＊이 책의 텍스트는 1788년에 발행된 원본(원제: *Wunderbare Reisen zu Wasser und Lande, Feldzüge und lustige Abenteuer des Freiherrn von Münchhausen*) 2판을 1906년 한스 폰 뮐러(Hans von Müller)가 라이프치히에서 재발행한 것을 정본으로 삼았다. 철자법은 원문이 훼손되지 않는 범위에서 현대적으로 고쳤으며, 구두점은 원래대로 두었다. 각주는 후에 첨가된 것이다. 이 책의 동판화는 1788년의 원본에 실린 에른스트 루드비히 리펜하우젠(Ernst Ludwig Riepenhausen)의 작품으로 어미경이 채색을 하였다.

허풍선이 남작의 모험

1판 1쇄 인쇄 │ 2010. 1. 28
1판 1쇄 발행 │ 2010. 2. 3

지 은 이 │ 고트프리트 A. 뷔르거
옮 긴 이 │ 염정용
펴 낸 이 │ 박옥희
펴 낸 곳 │ 도서출판 인디북

등 록 일 자 │ 2000. 6. 22
등 록 번 호 │ 제 10-1993호
주   소 │ 서울시 마포구 용강동 469 하나빌딩 2층
전   화 │ 02)3273-6895
팩   스 │ 02)3273-6897
홈 페 이 지 │ www.indebook.com

ISBN 978-89-5856-124-8 03850

▪ 잘못 만들어진 책은 구입처나 본사에서 교환해 드립니다.

허풍선이 남작
뮌히하우젠

육지와 바다로의 신기한 여행, 출정, 재미난 모험들

 인디북

18세기의 화제작,

독일의 정당한 유산으로 되돌아오다

독일에서 생겨나 여러 형태와 양상으로 독일 전역에 퍼져 있던 이 이야기들이 외국에서 수집되고 출판을 통해 널리 알려지는 것을 지켜보자니 사실 묘한 느낌이 듭니다. 어쩌면 우리 독일이 문화 업적을 제대로 챙기지 못한 것인지도 모릅니다. 영국인들이 기발한 생각이 무엇인지, 그것이 얼마나 소중한지, 그런 생각을 가진 사람이 얼마나 영예로운지 더 잘 알고 있는지도 모릅니다. 아무튼 적의에 찬 우리 작가들의 온갖 억측과는 달리 우리나라 작품인데도 외국으로부터 받아들여야만 했던 경우가 이미 여러 번 있었습니다.

이 얇은 이야기 모음집은 양국에서 모두 성공을 거두었습니다. 영어판 원본이 5판을 기록하는 동안 독일어 판본도 새로 찍어야 할 필요가 있다는 판단이 섰습니다. 우리는 새 판을 내면서 영어 최신판에 추가된 내용을 텍스트로 삼았습니다. 그러나 결코 소심하게 자구에 얽매이지 않았고, 또한 원전에 들어 있지 않다는 이유만으로도 배제해야 마땅했던 추가 내용들에 대해서도 마찬가지였습니다. 간단히 말해 이미 독일어 판본으로 나온 이 작품을 남의 것이 아닌 고유의 정당한 유산으로 다루었습니다.

이 책은 학술서도 논문도 아니며, 주해서도 요약본도 안내서도 아닐뿐더러, 어떤 학술 단체도 이 책과 관련되어 있지 않습니다. 그런데도 이 책은 여러 면에서 매우 유용할 것입니다. 영어판 편집자는 이 이야기들을 아주 유익하게 활용하도록 하는 것이 원저작자의 명확한 의도였다고 언급했습니다.—영국의 한 서평가는 심지어 이 책이 의회의 특정한 선동가들을 회개시키는 데 기여할 것으로 기대하고 있습니다.

이 책이 순전히 웃음을 선사할 뿐이라면, 특별히 예를 갖추고서 독자들에게 추천할 필요도 없다고 생각합니다. 이 책이 헛되고 보잘것없어 보일 수도 있지만 내용이 알차고 두꺼운 수많은 책들보다 더 가치가 있을 것입니다. 두툼한 책들이라고 해봐야 거기에는 이미 다른 책들에 들어 있던 내용이 들어 있을 뿐이기 때문입니다.

그러면 여기서 지금은 잊혀졌지만 존경할 만한 롤렌하겐이 이전에 자신의 작품 『개구리와 쥐의 싸움』[1]에 붙인 서문의 한 대목을 소개하는 것도 나쁘지 않을 것 같습니다. 약간 현대적으로 고치자면 이런 내용입니다.

　　말라빠진 뼈다귀 같은 가르침으로
　　괴롭히는 짓만 일삼는 늙은이,
　　농담은 한 마디도 듣기 싫어하는 늙은이,
　　그런 늙은이는 짐을 싸서 사라져야 해!
　　우리는 다시 또 그의 가르침을 듣겠다고
　　맹세하지는 않을 거야.
　　말하자면 우리의 코가 술로 붉게 물들고
　　머리와 수염도 허옇게 세었을 때나
　　그보다 훨씬 먼 훗날이라 하더라도.
　　고뇌가 항상 건강에 좋은 것은 아니기 때문이지.
　　우리는 사실 새 포도주도 마시고,
　　신선한 꿀을 찍어 먹기도 하기 때문이지.

---

[1] Georg Rollenhagen(1542-1609)의 서사·교훈시. 『개구리와 쥐의 싸움』(1595)은 호머의 것으로 잘못 알려진 그리스의 패러디 Batrachomyomachie에 의거해서 시대 상황을 동물우화의 형식으로 서술하고 있다.

자연은 새로운 향락을 불러온다네.
늘 똑같은 것은 지겨워,
늙은 스승들의 옹고집처럼 말이야.
변화만이 기쁨과 이득을 가져오지.
종종 시간을 허비한다고 비난하지만,
그것은 심신을 북돋워준다네.
우리는 이 말을 곧이곧대로 믿지는 않지만,
무작정 한번 실천해보려고 해.

차례

여러분, 제발 믿으세요!
똑똑한 사람들이 쉽게 속아 넘어간답니다.

뮌히하우젠 남작이
직접 들려주는 이야기

　나는 한겨울에 고향을 떠나 러시아로 향하는 여행길에
올랐습니다. 모든 여행객들의 설명에 의하면 북쪽 길이
동쪽으로 둘러가는 길보다 훨씬 더 험난하다고 했습니다.
그러나 나는 북쪽의 독일, 폴란드, 쿠를란트, 리브란트 지
역을 지나가는 길을 택했지요. 땅이 얼어붙고 눈이 쌓이
면 마침내 길이 복원될 것이라는 정확한 판단을 내렸기
때문입니다. 물론 백성들로부터 칭송받고 배려를 아끼지
않는다는 알량한 지방 정부들이 별도로 비용을 지출하지
않더라도 말이지요.

나는 말을 타고 가기로 했는데, 말과 여행자의 상태가 좋기만 하다면 이것이 여행하기에 가장 편한 방식입니다. 그러면 어떤 점잖은 독일 우체국장과 체면 문제로 다툼을 벌일 위험도 없고, 마부가 목을 축이려고 술집마다 쉬어 가는 불편도 없기 때문이지요. 나는 가벼운 옷차림으로 떠났는데 북동쪽으로 나아갈수록 점점 더 추위를 견디기가 힘들어졌습니다.

　폴란드에 도착하자 북동쪽으로 향하는 길목의 황량한 들판에 노인 한 명이 의지할 데 없이 덜덜 떨면서 엎드려 있었는데, 드러난 알몸을 가릴 것조차 변변히 없었습니다. 이토록 지독한 날씨에다 가장 험악한 지역에서 이 불쌍한 노인의 심정이 어땠을지는 충분히 짐작이 갈 겁니다.

　그 노인이 참으로 딱하다는 생각이 들더군요. 심장이 금방이라도 얼어붙을 것처럼 추웠지만 나는 그에게 내 여행용 외투를 던져주었습니다. 그때 갑자기 하늘에서 나의 선행을 각별히 칭찬하는 목소리가 울려 퍼졌습니다.

　"아들아, 어떤 일이 있더라도 너에게 반드시 보답이 내려지리라!"

이제 한결 마음이 놓여 계속해서 말을 달렸는데 이윽고 밤의 어둠이 찾아왔습니다. 어디에도 마을은 보이지 않았고, 사람들의 소리도 들리지 않았습니다. 사방이 눈으로 뒤덮여 도무지 어디가 어딘지 분간이 어려웠습니다.

종일 말을 타고 오느라 지친 나머지 나는 말에서 내려 눈 위로 삐죽 솟아나온 나무 그루터기 같은 것에 고삐를 묶어두었습니다. 만일의 경우를 대비해서 권총을 겨드랑이에 끼고 그리 멀지 않은 눈밭에 몸을 뉘었지요. 그리고 너무나 곤하게 잠이 들어 환한 대낮이 되어서야 다시 눈을 떴습니다.

그런데 얼마나 놀랐던지요! 깨어보니 내가 어떤 마을 한가운데에 있는 교회 공동묘지에 누워 있지 뭡니까. 말은 어디로 갔는지 보이지 않았습니다. 그러나 곧 저 위쪽 어디선가 히잉거리는 소리가 들려왔습니다. 위를 올려다보니 내 말이 교회의 첨탑에 대롱거리며 매달려 있는 것이 아닌가요. 그제야 나는 어떻게 된 영문인지 알아차렸습니다.

말하자면 마을은 밤새 눈 속에 완전히 파묻혀 있었고,

갑자기 날씨가 돌변해서 눈이 녹아내리기 시작하자 내 몸은 잠을 자고 있는 동안 아주 조금씩 아래로 가라앉았던 것이지요. 그리고 내가 어둠 속에서 나무 그루터기로 여기고 말을 묶어놓았던 것은 교회 첨탑의 십자가인지 풍향계인지 그랬습니다.

이제 길게 생각할 틈도 없이 나는 권총 하나를 꺼내 고삐를 겨냥해 쏘았고, 아무튼 다행히 다시 말을 타고 여행을 계속하게 되었습니다.

그 후로는 모든 것이 순조로웠고 마침내 러시아에 도착했는데, 그곳에서는 겨울에 말을 타고 여행을 하는 것이 전혀 어울리지 않았습니다. 그런데 나는 저 유명한 '시골풍으로 소박하게 살아라.'는 격언을 항상 신조로 여기고 따랐기 때문에, 말에 작은 경주용 썰매를 매달고 기분 좋게 상트 페테르부르크를 향해 출발했습니다.

지금은 그곳이 에스토니아였는지 잉그리아였는지 정확히 기억나지 않지만, 확실한 것은 어떤 음산한 숲 한가운데에 도착했을 때였습니다. 무서운 늑대 한 마리가 지독한 겨울철 굶주림에 시달려 맹렬한 속도로 내 뒤를 쫓아

왔습니다. 늑대는 금세 나를 따라잡았고, 그 녀석에게서 벗어나기란 도무지 불가능했지요. 나는 무의식적으로 썰매에 납작 엎드렸고, 말은 우리 모두의 안전을 위해 알아서 달리도록 내버려두었습니다. 그러자 비록 짐작은 했지만 감히 바라거나 기대하지도 못한 일이 벌어졌습니다.

늑대는 이 몸은 거들떠보지도 않고 훌쩍 뛰어넘어 말에게 와락 달려들더니, 그 불쌍한 녀석의 가죽을 물어뜯고 단번에 엉덩이 전체를 삼켜버리지 뭡니까. 말은 놀라고 고통스러워 더욱 빨리 달리기만 할 뿐이었지요. 나 자신은 이제 아무튼 들키지 않고 위기를 모면했기 때문에, 아주 조심스럽게 고개를 들고 늑대가 말을 먹어치우는 것을 두려움에 떨며 지켜보았습니다.

늑대가 거의 다 파먹었다 싶은 순간, 이때다 싶어 늑대를 채찍으로 호되게 후려쳤습니다. 말가죽 속에서 이렇게 갑작스런 기습을 당하자 늑대는 적지 않게 당황했겠지요. 늑대는 온 힘을 다해 앞쪽으로 빠져나가려 했습니다. 그러자 말의 시체는 바닥으로 굴러 떨어졌고, 말 대신 늑대 녀석이 마구를 차고 말았습니다. 이제 나는 원래의 역할에 충실하게 채찍을 휘두르는 것을 조금도 멈추지 않았고, 우리는 전속력으로 질주해서 다친 곳 없이 무사히 상트 페테르부르크에 도착했습니다. 이것은 양쪽 모두가 전혀 예상하지 못했던 일이고, 이것을 지켜본 사람들도 적지 않게 놀랐답니다.

여러분, 나는 이 장엄한 러시아 수도의 정치와 예술, 그리고 과학과 그 밖의 명소들에 관해 쓸데없이 길게 늘어놓을 생각은 없습니다. 더구나 안주인이 매번 술 한잔과 키스로 손님을 맞이하는 상류사회의 온갖 음모와 재미난 모험으로 여러분을 즐겁게 해주고 싶지도 않습니다. 오히려 여러분의 관심을 끄는 더 대단하고 고상한 것, 말하자면 내가 무척 아꼈던 말과 개 이야기에서 벗어나지 않으렵니다.

그 외에도 러시아에서 넘쳐나는 여우, 늑대, 곰에 관한 이야기도 들려줄 작정입니다. 그리고 진정한 남자라면 몇 마디 하찮은 그리스어와 라틴어, 갖가지 향수병, 화려한 술장식, 프랑스 문인들의 말재간 그리고 이발사보다는 유람 여행, 마상 훈련, 영웅담이 더 잘 어울리겠지요. 그런 이야기도 빼놓지 않을 겁니다.

나는 군에 복무하기까지 아직 어느 정도 기간이 남아 있었기 때문에, 몇 달 동안 시간과 돈을 세상에서 가장 고상하게 허비하며 보낼 수 있는 완벽한 여가와 자유를 누렸습니다. 여러 날 밤을 노름으로 지새웠고, 며칠 밤이나 가득 찬 술잔을 부딪치며 보냈지요. 이곳 러시아는 추위와 국민들의 풍습 때문에 사교 행사에서 술은 무덤덤한 기질의 우리 독일에서보다 훨씬 더 중요하게 취급되었습니다.

그 때문에 나는 사교 행사에서 술을 마시는 고상한 재주에 있어 진정한 대가로 통하는 사람들을 자주 만났습니다. 그러나 이들은 모두 공개 석상에서 우리와 함께 식사를 했던 회색 수염에 구릿빛 피부를 가진 어떤 장군에 비하면 하찮은 사람들이었지요.

이 노신사는 터키군과 전투를 벌이다 두개골의 위쪽 절반을 잃어버렸기 때문에, 낯선 손님이 모임에 나타날 때마다 모자를 벗지 못하는 점에 대해 지극히 공손하게 용서를 구했습니다. 그는 식사를 하면서 항상 코냑 몇 병을 비우는 습관이 있었고, 마지막으로는 보통 아락술 한 병을 마셨고, 어떤 때는 이것을 몇 번 더 되풀이하기도 했습니다. 그런데도 사람들은 그가 만취한 것을 한 번도 보지 못했지요.

여러분이 믿지 못할 사실이 있습니다. 솔직히 나 자신도 믿을 수 없으니까요.

나는 오랫동안 이 일을 어떻게 받아들여야 좋을지 몰랐지만, 아주 우연하게도 그 실마리를 찾아냈지요.─장군은 가끔씩 모자를 약간 들어 올리는 버릇이 있었던 것입니다. 나는 이것을 여러 번 보았지만 조금도 수상하게 여기지 않았습니다. 술을 마셨으니 머리에 열이 나는 것은 당연했고, 그러면 이마에 바람을 쐬는 것도 당연한 일이지요.

그러나 나는 그가 모자와 동시에 자신의 두개골을 대신 덮고 있던 은색 철판도 함께 들어 올리는 것을 보았습니다. 그때마다 그가 들이켠 술의 알코올 성분이 전부 희미한 증기가 되어 공중으로 올라가는 것이었습니다. 그제야 단번에 수수께끼가 풀렸습니다.

나는 이 사실을 친한 동료 몇 사람에게 알려주었고, 마침 저녁 무렵이어서 내 주장이 옳은지 즉각 실험을 통해 증명해 보이겠다고 제안했습니다. 나는 담배 파이프를 손에 들고 장군 뒤로 돌아갔습니다. 그가 모자를 들어올리는 순간 약간의 종이를 이용해서 위로 올라가는 증기에 불을 붙였지요. 그러자 새롭고도 멋진 구경거리가 생겼습니다.

한순간에 우리의 주인공 머리 위로 피어오르던 증기 구름은 불기둥으로 바뀌었고, 모자에 눌린 머리카락 사이에 남아 있던 증기 일부는 아주 멋지게 푸른 불을 뿜으며 둥근 띠로 변했습니다. 그것은 위대한 성자의 머리를 둘렀던 그 어떤 후광보다 장엄했습니다. 나의 실험을 장군도 계속 모르고 있을 리는 없었겠지요. 그러나 그는 조금도 화를 내지 않고, 오히려 자신을 그토록 고상하게 보이게 해주는 실험을 몇 번이나 더 허락했습니다.

바로 그때 겪었던 많은 재미난 사건들은 건너뛰기로 하겠습니다. 앞으로 여러분에게 그보다 더 기이하고 재미난 여러 가지 사냥 이야기를 들려줄 작정이기 때문입니다. 여러분은 내가 주로 광활한 숲의 진가를 제대로 아는 그런 용감한 친구들과 어울렸다는 사실을 쉽게 짐작할 수 있을 겁니다. 이런 일로 시간을 보내며 얻었던 유쾌한 기분과 그 모든 일에 뒤따른 특별한 행운은 나에게는 아직도 가장 멋진 추억이랍니다.

어느 날 아침 나는 침실 창문 너머로 커다란 연못을 가득 메우고 있는 들오리 떼를 보았습니다. 나는 재빨리 구석에 세워둔 사냥총을 집어 들고 한달음에 계단을 내려갔지요. 그런데 너무 허둥댄 나머지 잘못해서 얼굴을 문설주에 부딪히고 말았답니다. 눈에서 불이 번쩍 일었지요. 그렇다고 한순간도 지체할 수는 없었습니다. 나는 즉각 총을 발사할 태세를 갖추었지요. 그런데 조준을 하는 순간 좀 전에 심하게 부딪히면서 사냥총 공이치기에 달린 부싯돌까지 떨어져나갔다는 것을 알고서 분통이 터졌습니다.

이제 어떻게 해야 할까요? 이 상황에서 어물거릴 수는

없었지요. 다행히 조금 전에 눈에서 불이 번쩍 일었던 일이 떠올랐습니다. 나는 점화관을 열어놓고 사냥총을 들오리들에게 겨눈 채 주먹을 움켜쥐었습니다. 그리고 한쪽 눈을 힘껏 치자 이번에도 충분한 불꽃이 일었고 총은 발사되었지요. 그렇게 해서 들오리 다섯 쌍과 붉은가슴기러기 네 쌍, 그리고 물병아리 한 쌍을 잡았답니다.

침착함을 잃지 않는 것이 남자다운 행동의 핵심입니다. 군인들과 선원들이 침착한 행동으로 위기에서 벗어나듯이, 이 노련한 사냥꾼에게도 그렇게 해서 드물지 않게 행운이 찾아오기도 한답니다.

가령 사냥감을 찾아다니고 있던 때였습니다. 호수에 수십 마리의 들오리들이 노닐고 있는 것을 발견했지요. 오리들은 한 마리씩 서로 멀찌감치 떨어져 있어서 한 방에 한 마리 이상 맞히기는 힘들 것 같았습니다. 아쉽게도 사냥총에는 마지막 남은 총알 하나만 들어 있었지만, 나는 그 오리들을 모두 잡고 싶었습니다. 이제 곧 아주 많은 친구들과 친지들을 집으로 초대해서 배불리 대접할 작정이었지요.

그때 나는 사냥 포대에 휴대식량으로 가져온 베이컨 한 조각이 아직 남아 있다는 생각을 해냈습니다. 나는 개줄을 풀어 적어도 네 배 정도 길게 아주 가느다란 끈으로 만든 다음 그 끝에 베이컨을 묶었습니다. 그러고는 물가의 갈대숲에 몸을 숨긴 채 베이컨 조각을 던져놓고 가까이 있던 오리가 헤엄쳐 와서 그것을 삼키는 모습을 흐뭇한 마음으로 지켜보았지요. 그 오리를 따라 곧 나머지 오리들도 모두 모여들었습니다. 끈에 묶인 미끄러운 베이컨 조각은 소화될 겨를도 없이 금세 다시 항문으로 빠져나왔고, 그것을 다음 오리가 삼키는 그런 식의 일이 계속해서 벌어졌습니다.

　베이컨 조각은 순식간에 모든 오리들 사이로 남김없이 돌아다녔지만 끈에서 떨어지지는 않았습니다. 그래서 오리들은 모두 마치 줄에 꿴 진주처럼 나란히 앉아 있었지요. 나는 그 오리들을 아주 기분 좋게 끌어내서 끈으로 어깨와 몸통을 여섯 바퀴나 둘러 감은 다음 집으로 향했습니다.

　아직 가야 할 길이 한참이나 남아 있었고, 오리들의 무게가 너무 버거웠기 때문에, 그토록 많이 잡은 것이 후회스러울 지경이었습니다. 그 순간 믿기 힘든 일이 벌어졌습니다. 처음에는 나도 적지 않게 당황했지만 결국 침착하게 해결했습니다. 더 자세히 설명하자면, 오리들은 아직 모두 살아 있었고, 처음의 당혹감에서 벗어나자 아주 세차게 날개를 퍼덕이기 시작하더니 나를 매달고 하늘 높이 날아오르는 것이었습니다. 아무리 해도 뾰족한 대책이 없었습니다. 하지만 나는 이 사태를 최대한 유리하게 이용하기로 마음먹고는, 공중에서 옷자락을 흔들어 집으로 향하도록 방향을 조종했습니다.

막상 집까지 가고 나니 다치지 않고 내려가는 것이 문제였습니다. 나는 오리들의 머리를 하나씩 차례로 비틀었지요. 그렇게 해서 아주 조심스럽게, 서서히 굴뚝을 통해 화덕 한가운데로 내려앉았습니다. 화덕은 다행히 아직 불이 지펴지기 전이었고, 요리사는 나를 보고 놀랍고 당황스러운 기색을 감추지 못했습니다.

한 떼의 메추라기들과도 이와 비슷한 일을 겪은 적이 있답니다. 새로 산 화승총을 시험해보기 위해 밖으로 나갔다가 얼마 되지 않는 탄환을 완전히 다 써버린 상황이었지요. 그때 전혀 뜻하지 않게 바로 앞에서 한 무리의 메추라기들이 날아오르지 않겠습니까. 그 메추라기 몇 마리를 저녁 식탁에 올려야겠다고 생각하니 좋은 수가 떠올랐습니다. 여러분도 잘 기억해두면 필요한 경우에 틀림없이 유용하게 써먹을 수 있을 겁니다.

나는 메추라기들이 어디에 내려앉는지 눈여겨 본 후에 총에 급히 화약을 재고 산탄 대신 꽂을대를 장전했는데, 서두르는 와중에도 꽂을대 위쪽 끝을 될 수 있는 대로 뾰족하게 만들었습니다. 그런 다음 메추라기들에게로 다가가서 그것들이 날아오르는 순간 총을 발사했고, 일곱 마리나 관통한 꽂을대가 멀지 않은 곳에 천천히 떨어지는 것을 지켜보는 즐거움을 누렸지요. 그 메추라기들은 아마 구이용 꼬챙이에 꿰일 때가 아직 멀었을 텐데 하고 이상하게 여겼을 겁니다.

이미 말씀드렸듯이 우리는 어려움을 잘 헤쳐 나가는 법을 알기만 하면 됩니다.

또 한번은 러시아의 울창한 숲속에서 아주 멋진 흑여우

와 마주쳤지요. 그 여우의 값비싼 털가죽을 탄환이나 산탄으로 구멍을 내는 것은 참으로 아까운 일입니다. 여우는 나무 옆에 바짝 붙어 있었지요. 나는 재빨리 탄환 대신 쓸 만한 못을 하나 집어넣고 총을 발사해서 꼬리가 나무에 단단히 박히도록 솜씨 좋게 맞히는 데 성공했습니다. 그런 다음 침착하게 여우에게 다가가 사냥칼을 꺼내 머리 위쪽을 십자로 가른 후에 채찍을 휘두르자 여우가 그 멋진 털가죽에서 쏙 빠져나가지 뭡니까. 그 광경을 지켜보는 것은 참으로 흐뭇하고 경탄할 만한 일이었지요.

우연과 행운 덕분에 실수를 만회하는 경우도 자주 있지요. 이 일이 있은 직후에 나는 이런 경험도 했습니다.

아주 깊은 숲 한가운데서 새끼 멧돼지와 어미 멧돼지가 앞뒤로 나란히 붙어서 지나가는 것을 발견했습니다. 나는 총을 쐈지만 총알은 빗나가고 말았습니다. 그런데 새끼 멧돼지는 혼자 달아나버렸고, 어미는 마치 땅에 붙박인 것처럼 조금도 움직이지 않았지요.

어미를 자세히 살펴보고서야 늙어서 눈이 멀었다는 사실을 알아냈습니다. 어미는 자식된 도리를 다하는 새끼 멧돼지의 꼬리를 입에 물고 따라가던 중이었지요. 내 총알이 이 둘 사이를 가로지르며 새끼 멧돼지의 꼬리를 끊어버렸는데도 늙은 어미는 그 끝부분을 여태 물고 있었던 것입니다. 안내하던 새끼 멧돼지가 더 이상 앞으로 끌고 가지 않자 어미는 그 자리에 멈춰 선 것입니다. 그래서 나는 남아 있던 새끼 멧돼지의 꼬리 끝부분을 잡아 끌어서 늙고 의지할 데 없는 그 짐승을 힘들이거나 저항도 전혀 받지 않고 집으로 데려올 수 있었답니다.

이 암멧돼지들이 무섭기는 하지만, 수멧돼지들은 훨씬 더 사납고 위험하답니다. 나는 예전에 숲속에서 수멧돼지 한 마리와 마주친 적이 있는데, 그때는 불행하게도 공격할 준비도 방어할 태세도 갖추고 있지 않았습니다. 이 사나운 맹수가 온 힘을 다해 측면 공격을 해오는 순간 간신히 나무 뒤로 몸을 피할 수 있었지요. 그러나 그 때문에 그 녀석의 어금니가 빼내지도 휘두르지도 못하게 나무에 박혀버렸답니다. ― '하하! 이제 꼼짝없이 잡혔군.' 하고 생각했지요.

나는 재빨리 돌멩이 하나를 집어 들고 그 녀석의 어금

니를 아주 힘껏 내리쳐서 다시는 빠져나올 수 없도록 휘어버렸답니다. 그래서 내가 이웃 마을로 가서 수레와 밧줄을 가져올 때까지 그 녀석은 꼼짝없이 그렇게 있는 수밖에 없었습니다. 녀석을 산 채로 온전하게 집으로 싣고 오는 일 역시 손쉽게 척척 진행되었습니다.

여러분은 분명 사냥꾼과 명사수의 수호 성인인 성 후베르투스 와 또한 화려한 수사슴에 관해서도 들어보았을 것입니다. 성 후베르투스는 숲속에서 가지뿔 사이에 신성한 십자가를 달고 있는 사슴을 만난 후에 개종했다고 합니다.

나는 이 성인에게 해마다 제물을 넉넉히 바쳤고, 수사슴은 교회에 그려진 그림으로나 후베르투스 기사단 의 가슴에 단 별에 수놓인 것으로나 분명 천 번은 보았을 것

---

2 St. Hubertus(727년 뤼티히 주교로 사망). 10세기에 생긴 전설에 의하면 사냥꾼의 수호신이다. 그는 축제일에 사냥을 나갔는데, 가지뿔 사이에 금빛 십자가를 단 수사슴이 나타나자 개종을 했다고 한다.
3 1444년에 결성된 바이에른 지방의 후베르투스 기사단의 기사들은 기사단 상징 표시가 그려진 별 모양을 가슴에 달고 다녔다.

입니다. 그러니 나는 용감한 사냥꾼의 명예와 양심을 걸고 이전에는 이러한 십자가를 단 사슴이 없었다거나, 아니면 오늘날까지도 분명 있다고 잘라 말할 수는 없는 것입니다. 차라리 내가 두 눈으로 직접 본 것에 대한 이야기를 들어보기 바랍니다.

한번은 내가 가진 탄환을 마구 쏘아버린 후에 전혀 뜻밖에도 이 세상에서 가장 화려한 수사슴과 마주치게 되었습니다. 그 사슴은 마치 탄환주머니가 비어 있다는 것을 알고 있기나 한 듯이 나를 멀뚱멀뚱 쳐다보더군요. 그 사이에 나는 재빨리 사냥총에 화약을 재고 다급한 대로 그위에 과육을 빨아먹고 남은 버찌씨 한 줌을 채워 넣었지요. 그런 다음 그 많은 씨를 사슴의 가지뿔 사이의 이마한가운데에 발사했습니다. 사슴은 총을 맞고 약간 멍해있더니―비틀거렸으니까요―슬쩍 달아나버렸습니다.

한두 해 지난 후 나는 바로 그 숲속에서 사냥을 하고 있었지요. 그런데 이게 웬일인가요! 그 화려한 수사슴이 나타났는데, 가지뿔 사이에 3미터도 넘게 무성하게 자란 벚나무를 달고 있지 뭡니까. 불현듯 한두 해 전의 일이 다시 떠올랐습니다. 나는 그 사슴을 당연히 내 것이라고 여겼고, 총을 한방 쏘아 쓰러뜨렸습니다.

그 일로 졸지에 구워먹을 고기와 버찌소스를 한꺼번에 얻게 되었지요. 왜냐하면 벚나무에는 잘 익은 버찌들이 주렁주렁 달려 있었기 때문입니다. 평생 그토록 맛있는 버찌는 먹어본 적이 없답니다.

그러니 어떤 열광적이고 성스러운 사냥꾼, 혹은 사냥을 즐기는 수도원장이나 주교가 이와 비슷한 방법으로 성 후베르투스가 만났던 수사슴의 가지뿔 사이에 십자가를 심어두지 않았다고 누가 장담할 수 있겠습니까? 사실 이 양반들은 아주 예전부터 십자가와 뿔을 심어놓는 것으로 잘 알려져 있었고, 일부는 오늘날까지도 그렇기 때문입니다.

용감한 사냥꾼에게는 드물지 않게 일어나는 일이지만, 다급한 경우에나 특히 목숨이 위태로운 경우에는 무엇이건 닥치는 대로 집어 들고, 위기에서 빠져나가기 위해 무슨 짓이든 다 하는 법이지요. 나 자신도 이러한 유혹에 빠진 적이 한두 번이 아니었으니까요.

예컨대 다음과 같은 경우를 한번 상상해보기 바랍니다.

한번은 폴란드의 어느 숲속에서 사냥을 하다가 날도 저물고 탄환도 다 떨어져버렸습니다. 그래서 서둘러 집으로 돌아가려는데 아주 무시무시한 곰 한 마리가 나를 집어삼키려고 아가리를 쩍 벌리고 달려들었습니다. 나는 황급히 주머니를 여기저기 뒤져 화약과 탄환을 찾아보았지만 허사였습니다. 비상시를 위해 흔히 지니고 다니는 두 개의 부싯돌 외에는 아무것도 없었지요.

그 부싯돌 하나를 온 힘을 다해 괴물의 벌어진 아가리를 향해 던져 넣자 목구멍 속으로 쑥 들어갔습니다. 그것이 곰에게는 썩 편하게 여겨지지 않았던지 몸을 왼쪽으로 슬쩍 비틀더군요. 이 기회를 놓치지 않고 나는 나머지 부싯돌을 뒤쪽 항문을 향해 던졌습니다. 모든 것이 아주 멋지고 신기하게 진행되었지요.

그 돌은 몸속으로 들어갔을 뿐 아니라 먼젓번 돌과 부딪혀 불길이 일어났습니다. 곰의 몸통은 엄청난 폭발음과 함께 갈기갈기 찢겨나갔지요.

사람들은 이렇게 뒤쪽에서부터(A Posteriori―경험적 인식) 기막히게 잘 들어간 돌이 앞쪽으로(A Priori―선험적 인식)

들어간 돌과 심하게 충돌했을 때 성질 급한 학자들과 철학자들을 아주 여럿 격분시켰다고 말하지요.

비록 이번에는 조금도 다치지 않고 무사히 위기에서 벗어났지만, 나는 다시는 이런 짓을 하고 싶지 않았습니다. 다시 말해 다른 방어수단 없이는 절대 곰에게 싸움을 걸고 싶지 않습니다.

그러나 지극히 사납고 위험한 짐승들이 하필이면 내가 용감하게 맞설 능력이 없을 때 공격해오는 일은 운명이었다고 해도 지나치지 않을 것입니다. 마치 본능적으로 나의 무방비 상태를 알아차린 것만 같았죠.

가령 한번은 내가 사냥총의 무뎌진 부싯돌을 뾰족하게 갈기 위해 나사를 돌려 빼내는 순간, 갑자기 괴물같이 생긴 곰 한 마리가 나를 향해 으르렁거리며 다가왔습니다. 내가 할 수 있었던 일이라곤 재빨리 나무 위로 피해서 방어할 채비를 갖추는 것이 고작이었습니다. 그러나 엎친

---

4 A Posteriori— '추후의 경험을 통해'. 칸트의 인식론의 기본개념으로 경험을 통해 얻은 인식을 말한다. 이것은 A Priori— '사전에, 경험이나 지각, 이성적 근거와 상관이 없이'라는 의미와 반대된다. 여기서는 라틴어의 직역 의미에 따라 패러디해서 사용되었다.

데 덮친 격으로 나무에 기어오르는 동안 때마침 필요했던 칼이 아래로 떨어져버렸지 뭡니까. 어차피 나사가 뻑뻑해서 잘 돌아가지 않기는 하지만 그것조차 놓쳐버린 것이지요. 나무 아래는 곰이 지키고 서서 언제든지 나를 쫓아 올라올 기세였습니다.

예전 같았으면 틀림없이 내 눈을 때려 불을 붙였겠지만, 이제 그런 일은 시도하고 싶지 않았습니다. 왜냐하면 다짜고짜 시도했던 그 일 때문에 눈에 심한 통증이 생겨서 아직도 완전히 가시지 않았기 때문입니다.

나는 발아래 눈 속에 수직으로 꽂혀 있는 칼을 애타게 바라보았습니다. 그러나 아무리 간절히 바라본다 한들 시성이 더 나아질 리가 없지요. 마침내 운 좋게도 아주 기막힌 생각이 떠올랐습니다. 나는 사람들이 겁이 나서 쩔쩔맬 때마다 여지 없이 아주 많이 생긴다는 그것의 물줄기를 정확히 칼의 손잡이에 닿도록 방향을 조정해서 갈겼습니다.

때마침 날씨가 엄청나게 추웠기 때문에 오줌은 순식간에 얼어버렸고, 얼마 후에는 칼 위로 얼음이 길게 이어져서 나무의 맨 아래 가지까지 도달하게 되었습니다. 나는 길게 자라난 자루를 쥐고 조심조심 칼을 위쪽으로 끌어올렸습니다. 그러고는 칼로 부싯돌을 꽉 조이자마자 곰돌이 녀석이 위로 기어 올라왔습니다. '우리가 곰만큼만 영리해도 때를 척척 맞출 텐데.' 하고 생각하며 곰돌이 녀석에게 가장 큰 산탄 세례를 퍼부었고, 그 녀석은 영원히 나무에 오를 수 없었습니다.

또 한번은 이런 일도 있었지요. 이번에도 내가 모르는 사이에 무시무시한 늑대 한 마리가 너무나 바짝 다가와서 본능적으로 주먹을 그 녀석의 벌어진 아가리에 집어넣고 말았습니다. 잡아먹히지 않기 위해 주먹을 점점 더 깊이 집어넣어 팔이 거의 어깨 부분까지 들어가게 되었습니다.

그러나 이제 어떡해야 할까요?―이 어처구니없는 상황이 나에게 아주 잘 어울렸다고 말할 수는 없겠지요―늑대와 이마를 바짝 맞대고 있다고 한번 생각해보세요!―서로가 결코 다정한 눈길을 주고받지는 않았으니까요. 그렇다고 팔을 빼낸다면 이 짐승은 더욱 사납게 날뛰며 덤벼들 것입니다. 적어도 그 정도는 녀석의 이글거리는 눈길에서 명확히 알아차릴 수 있었지요. 그래서 나는 그 녀석의 내장을 움켜쥐고 마치 장갑을 벗듯이 안쪽이 바깥이 되도록 홀렁 까뒤집어 바닥에 내팽개쳤습니다. 녀석은 널브러져 꼼짝도 못하더군요.

그 일이 있은 직후에 상트 페테르부르크로 통하는 좁은 골목길에서 미친 개 한 마리가 나를 향해 달려들었습니다. 나는 이 개에게까지 다시 그런 짓을 해보고 싶지는 않았습니다. '어디 따라와 보라지!' 하고 생각하며 달아나기 시작했습니다. 빨리 달아나기 위해 나는 거추장스런 외투를 벗어 던지고 재빨리 집 안으로 몸을 피했지요. 나중에 그 외투는 하인에게 찾아오게 해서 다른 옷들과 함께 옷장에 걸어두도록 했습니다.

다음 날 나는 하인 요한의 비명소리를 듣고 깜짝 놀랐습니다. "이런, 남작님, 남작님의 외투가 미쳤어요!" 나는 급히 하인에게로 달려 올라갔고, 옷들이 전부 여기저기 널려 있고 조각조각 찢겨나간 것을 발견했습니다. 하인이 외투가 미쳤다고 한 말은 정확했습니다. 그 외투가 멋진 새 연회복 위로 달려들어 무지막지하게 흔들고 이리저리

당기고 있었으니 말입니다.

　여러분, 나는 물론 운이 좋았겠지만 늘 이 모든 위기에서 가까스로 벗어나곤 했습니다. 이때마다 용감하게 정신을 바짝 차려 우연한 기회를 나에게 유리하게 바꾼 것이 큰 도움이 되었습니다. 여러분도 잘 알고 있듯이, 이 모든 것이 잘 들어맞아야 운 좋은 사냥꾼, 선원, 군인이 되는 법이지요.

　그러나 특별히 필요한 기량에 신경 쓰지도 않고, 확실한 성공을 보장하는 장비도 갖추지 않고서 어디서나 우연이나 운명에만 의지하려 들면 조심성 없다고 비난받아 마땅한 사냥꾼, 제독, 장군이 될 것입니다. 나에게는 결코 이런 비난이 돌아오지 않습니다. 왜냐하면 나는 항상 뛰어난 말과 개, 그리고 사냥총을 갖추고 있을 뿐 아니라 이 모든 것을 아주 잘 다루는 사람으로 숲과 초원 그리고 전장에서 널리 명성을 알려왔기 때문입니다.

　나는 지금 평소에 한가한 귀족들이 늘 그렇듯이 마구간이나 개집 혹은 무기 보관함에 관해 시시콜콜 늘어놓으려는 것이 아닙니다. 다만 너무나 충실해서 결코 잊을 수 없는 개 두 마리에 관해 이번 기회에 몇 마디 언급했으면 합니다.

한 녀석은 포인터였는데, 지칠 줄 모르는 체력에다 예민하고 조심스럽기도 해서 그 녀석을 본 사람은 누구나 나를 부러워했지요. 나는 그 개를 밤이나 낮이나 항상 부려먹을 수 있었습니다. 밤이 되면 그 녀석의 꼬리에 등불을 매달아놓았고, 그렇게 해서 환한 대낮만큼이나, 아니 그보다 더 사냥을 잘할 수 있었습니다.

하루는 (그날은 내가 배에 화물을 선적한 직후였지요) 마누라가 사냥을 하고 싶어 했습니다. 나는 사냥감을 찾아보기 위해 앞서 말을 달렸고, 얼마 지나지 않아 내 개는 수백 마리의 메추라기가 떼 지어 있는 것을 찾아냈습니다. 나는 부관과 마부와 함께 출발했던 마누라가 오기를 목이 빠져라 기다렸습니다. 그러나 그들은 나타날 낌새조차 보이지 않았지요.

결국 나는 걱정이 되어 되돌아가기로 마음먹고 말을 돌렸습니다. 중간쯤에 이르렀을 때 어디선가 아주 가련한

43

신음 소리가 들려왔습니다. 분명 아주 가까이서 나는 소리 같았는데 사방에 인적이라고는 없었지요. 나는 말에서 내려 땅에 귀를 대보았습니다. 그러자 비명 소리가 땅 속에서 들려왔고 그것은 바로 마누라, 부관, 마부의 목소리였습니다.

바로 그때 멀지 않은 곳에 노천 탄갱의 절개지가 있는 것이 보였고, 불쌍한 마누라와 수행원들이 그 속에 빠졌다는 사실도 더 이상 의심의 여지가 없었습니다. 나는 급히 이웃 마을로 말을 몰아 광부들을 불러왔고, 그들은 오랫동안 힘들게 작업한 끝에 마침내 깊이가 180미터나 되는 구덩이에서 조난자들을 밖으로 구해내는 데 성공했습니다. 그들은 가장 먼저 마부와 그의 말을 끌어냈고, 다음으로 부관과 그의 말, 마지막으로 마누라와 터키산 준마를 끌어올렸습니다.

이렇게 난리를 떠는 가운데 가장 놀라웠던 점은, 사람과 동물이 그토록 심하게 추락했는데도 타박상을 약간 입은 것 말고는 다친 곳이 거의 없이 멀쩡했다는 것이었습니다. 그런데도 그들은 말로 표현할 수 없을 정도로 심한 불안에 떨고 있었습니다.

　여러분도 쉽게 짐작할 수 있겠지만, 이제 사냥 생각은 싹 달아나버렸습니다. 그리고 여러분은 이 이야기를 듣고 있는 동안 개에 관해서는 깜빡 잊었던 것 같은데, 그렇다면 나 역시 그 개에 생각이 미치지 못했더라도 탓하지 말아주기 바랍니다.

　나는 임무 때문에 바로 다음 날 아침 여행을 떠났다가, 2주 후에야 돌아왔습니다. 집으로 돌아온 지 몇 시간 지나지 않았는데도 사냥의 여신인 내 개가 보고 싶어졌습니다. 어느 누구도 그 개에게 신경을 쓰지 않았습니다. 사람들은 모두 개가 나를 따라갔다고 믿었던 것이지요. 그런데 아무리 찾아봐도 개는 보이지 않았습니다.―그러다 어느 순간 개가 아직까지도 메추라기들을 지키고 있을 것이라는 데 생각이 미쳤습니다.

　기대 반 근심 반으로 나는 부리나케 그 장소로 달려갔지요. 그런데 이게 웬일인가요! 너무나 기쁘게도 개는 2주 전에 버려두고 갔던 그 자리를 여전히 지키고 있지 뭡니까. 내가 "자!" 하고 외치자 개는 즉각 새들을 향해 달려들었고, 나는 총 한 방에 25마리의 메추라기를 잡았습니다. 그러나 그 불쌍한 개는 너무나 굶주리고 야위어서 나에게 기어올 기력도 없을 지경이었지요. 개를 집으로 데려가기 위해서는 말 위에 태울 수밖에 없었고, 여러분은 내가 이 정도의 불편함은 흔쾌히 참아냈다는 것을 쉽게 짐작할 수 있을 것입니다.

며칠 잘 보살펴주자 개는 다시 이전처럼 원기를 회복했고 활발해졌습니다. 그로부터 몇 주 후에 나는 그 개 덕분으로 어쩌면 영원히 풀지 못했을지도 모르는 수수께끼를 풀 수 있었습니다.

나는 이틀 동안 내내 토끼 한 마리를 뒤쫓고 있었지요, 내 개는 토끼를 계속해서 이리저리 몰았지만 나는 한 번도 총을 쏠 기회를 잡지 못습니다.—나는 요술이라고는 아예 믿지 않았는데, 왜냐면 요술보다 더 대단한 일들을 수없이 경험했기 때문이지요. 하지만 이번 일은 아무리 생각해봐도 요술 같은 일이었습니다.

마침내 나는 토끼가 아주 가까이 다가온 순간 총을 쏘아 잡을 수 있었습니다. 토끼는 고꾸라졌고, 여러분은 내

가 결국 얼마나 신기한 것을 발견했는지 아나요―그 토
끼는 다리가 네 개 달려 있었지만, 등에도 다리 네 개가
달려 있었습니다. 그래서 아래쪽 다리가 지치면 평영과
배영을 자유자재로 할 수 있는 사람처럼 몸을 휙 뒤집어
쉬고 있던 네 다리를 이용해서 더욱 빠른 속도로 달아났
던 것입니다.

　나는 그 후로도 그렇게 생긴 토끼는 한 번도 보지 못했
지만, 그 토끼도 물론 내 개가 그토록 완벽한 재주를 가지
고 있지 않았다면 잡지 못했겠지요. 그 개는 다른 어떤 개
와두 비교가 되지 않을 정도로 뛰어났기 때문에, 나는 ‘최
고’ 라는 별명을 붙여주는 데 조금도 주저하지 않았습니
다. 다만 내가 길렀던 그레이하운드가 그 개에게 이 영예
를 안겨주는 데 부담을 느끼게 했답니다.

　이 그레이하운드는 생김새보다는 달리는 속도가 너무
나 빨랐기 때문에 유달리 기억에 남는군요. 지체 높은 양
반들이 그 개를 보았다면 경탄을 금치 못했을 것이며, 내
가 그 개를 애지중지하며 그토록 자주 함께 사냥 나간 것
을 전혀 이상하게 여기지 않았을 것입니다. 그 녀석은 내

가 시키는 일이라면 매번 끝까지 전속력으로 달려서, 네 다리는 몸통 바로 아래까지 닳아 없어져버렸답니다.

결국 나중에는 동작이 굼뜬 오소리를 찾아내는 용도로 밖에 쓸 수 없었지만, 그 일 역시 수년 동안이나 매우 흡족하게 해냈습니다.

이 녀석은 아직 그레이하운드 모습을 제대로 갖추고 있던 시절에―곁들여 말하자면 암캐였습니다―유달리 살쪄 보이는 토끼 한 마리를 뒤쫓았습니다. 그런데 나는 그 불쌍한 암캐가 걱정이 되었습니다. 새끼를 배고 있었는데도 이전과 다름없이 빨리 달리려고 했기 때문이지요. 나는 말을 타고 아주 멀찌감치 뒤처져서 겨우 쫓아갈 수 있었습니다. 그런데 별안간 여러 마리 개들이 한꺼번에 짖어대는 것 같은 소리가 들렸습니다. 다만 너무나 여리고 희미해서 무슨 소리인지 분간할 수가 없었지요.

가까이 다가가자 마치 기적 같은 일이 벌어졌습니다. 토끼는 달아나는 와중에 새끼를 낳았고, 내 암캐도 뒤쫓으며 새끼를 낳았지요. 더구나 토끼는 내 개가 낳은 새끼와 똑같은 수의 새끼를 낳았던 것입니다. 토끼 새끼들은

본능적으로 달아났고, 강아지들은 그것들을 뒤쫓았을 뿐 아니라 잡기까지 했지요. 사냥을 마치고 보니 토끼와 개가 여섯 마리나 되었습니다. 처음에는 단 한 마리로 사냥을 시작했는데 말이죠.

이 놀라운 암캐 얘기를 하자니 즐거운 마음에 천금을 주고도 구할 수 없는 내 리투아니아산 준마가 떠오르는 군요. 이 말은 우연히 내 손에 들어오게 되었습니다. 그때 나는 멋진 승마 실력을 보여줄 기회를 잡았고, 적잖은 명성도 얻었지요.

자세히 설명하자면, 이전에 리투아니아의 프르조호프스키 백작의 화려한 별장에 간 적이 있는데, 마침 그곳의 큰 응접실에서 부인들과 어울려 차를 마시고 있었지요. 그 사이에 남자들은 안뜰로 내려가 이제 막 종마 사육장에서 데리고 온 혈통 좋은 어린 말을 살펴보고 있었습니다. 그때 별안간 다급한 비명 소리가 들렸습니다.

나는 급히 계단을 뛰어 내려갔고, 아주 사납고 거칠게 날뛰고 있는 말과 마주쳤습니다. 아무도 그 말에 다가가

거나 올라탈 엄두도 내지 못하고 있었지요. 말을 잘 다루는 대담한 사람들조차 놀라고 당황한 채로 서 있었습니다. 모든 이의 얼굴에는 불안과 근심이 깃들어 있었답니다. 나는 단번에 말 등에 뛰어올랐습니다.

이렇게 갑자기 기습하는 것으로 말을 제압했을뿐더러, 최고의 승마 실력을 발휘해서 완전히 진정시키고 고분고분 따르도록 만들었지요. 부인들에게 실력 자랑도 하고 불필요한 근심도 덜어줄 겸 나는 말을 탄 채 열린 창문을 통해 응접실로 뛰어 들었습니다.

그곳에서 때로는 천천히, 때로는 빠르게 그리고 또 전력질주로 몇 바퀴나 빙빙 돌았고, 심지어 식탁 위로 올라가 온갖 승마 기술을 세밀하게 보여주었더니, 부인들은 아주 즐거워했습니다. 어린 말은 이 모든 재주를 얼마나 능숙하게 해냈던지 주전자나 찻잔 하나 깨뜨리지 않았답니다.

이 일로 백작님과 부인들은 나에게 큰 호감을 품게 되었고, 백작님은 평소처럼 정중하게 이 어린 말을 자신의 선물로 받아달라고 간청했습니다. 뿐만 아니라 이 말을

타고 뮈니히 백작[5]이 이끄는 터키 원정에 출정해서 큰 공을 세우고 오라고 부탁했습니다.

나에게 이보다 기분 좋은 선물은 분명 없을 겁니다. 무엇보다 군인으로서의 첫 무대에서 너무나 많은 멋진 일들이 일어날 것 같은 예감이 들었기 때문입니다. 이토록 순종적이면서도 용맹스럽고 거친 말은—이 말은 순한 양인 동시에 사나운 준마 부케팔로스[6]였지요—틀림없이 나에게 매번 용감한 군인의 임무뿐 아니라, 젊은 시절 알렉산더 대왕이 전장에서 거두었던 눈부신 업적도 떠올리게 해줄 테니까요.

우리가 출정을 하게 된 데는 확실히 표트르 대제가 이끈 프루트 출정[7]에서 약간 손상된 러시아제 무기의 명성을 회복하려는 의도도 있었던 것으로 보였습니다. 우리는

5 **Burkhard Christoph Graf von Münnich**(1683–1767), 러시아—터키 전쟁(1735–39)에서 러시아군의 사령관. 그는 안나 이바노브나 여제가 사망한 후에 1740년 여제가 섭정으로 임명한 비론을 몰아냈고, 1741년에 표트르 대제의 둘째 딸 옐리자베타의 성공적인 쿠데타 이후 시베리아로 유배되었으며, 1762년 표트르 3세에 의해 다시 소환되었다.

6 **Bucephalos**, 알렉산더 대왕(기원전 356–323)의 애마.

7 표트르 1세(1672–1725)는 1711년에 터키의 군사적 우위 때문에 프루트 강변에서 포위되었고, 아조프를 포기하는 대가를 치르고 풀려났다.

앞서 언급한 위대한 사령관의 지휘 아래 고되지만 자랑할
만한 여러 번의 출정을 통해 완벽하게 회복했습니다.

겸손이 미덕인지라 하급 군인들은 위대한 업적과 승리
를 자기 몫으로 돌리지 않습니다. 그 영예는 대개 평소 활
동과는 상관없이 지휘관들, 심지어 엉뚱하게도 왕과 왕비
에게 돌아갑니다. 이들은 실전 경험도 전혀 없고, 편안한
본부진영에서 지내면서 기껏해야 군사들의 열병 사열만
할 뿐, 전장에 나가거나 전투 대열을 이루어 돌진하는 군
인들을 보지도 않지만 말이죠.

그러므로 나는 우리가 적들과 벌인 위대한 전투의 영예
를 특별히 요구하지는 않을 것입니다. 우리들 모두는 폭
넓게 애국자나 군인, 간단히 말해 진짜 사나이라고 해야
할 것이며, 대단히 중요하고 의미 깊게 표현하자면 책임
을 다한 것이니까요. 정치에 관해 쓸데없이 떠들어대는
무리들은 이 말을 제대로 이해하지 못하겠지만 말이죠.

나는 그 사이에 경기병 한 부대를 지휘하고 있었기 때
문에 여러 번 정찰활동에 나섰고, 전적으로 내 자신의 판
단과 담력에 따라 임무를 수행했습니다. 그렇지만 이 활

동의 성과는 당연히 내 자신의 몫으로, 그리고 내가 승리하고 공을 세우도록 해준 동지들의 몫으로 돌릴 수 있다고 생각합니다.

우리가 터키군을 옥차코프[8]로 몰아넣었던 어느 날, 선봉대는 격렬한 전투를 치렀습니다. 나의 사나운 리투아니아산 준마는 하마터면 나를 궁지로 몰아넣을 뻔했습니다. 우리 전초부대는 대단히 멀리 떨어져 있었고, 적군이 먼지구름을 일으키며 몰려오는 것이 보였습니다. 그 때문에 적들의 규모와 의도를 전혀 파악할 수 없었지요.

물론 우리도 그와 비슷하게 먼지구름을 일으켜 몸을 감추는 것이 통상적인 방책이긴 했지만, 그것은 현명하지 못하다는 판단이 들었습니다. 그래서 호위대를 양쪽으로 분산시켜 가능한 한 많은 먼지를 일으키도록 시키고 나 자신은 두 눈으로 직접 살펴보기 위해 곧장 적군 쪽으로 돌진했습니다. 이것은 성공적이었습니다. 적군은 그 자리

8 오차키프, 우크라이나 지역의 항구. 터키군의 요새가 있었지만, 1737년 뮈니히에 의해, 1788년에 포툠킨에 의해 정복당했다. 야시 평화조약(1792)에서 최종적으로 러시아령이 되었다.

에 멈춰 서서 싸우다가 마침내 우리 호위대에 대한 두려움 때문에 쩔쩔매며 퇴각해버렸기 때문입니다.

이제 더욱 과감하게 적군을 덮칠 기회가 왔지요. 우리는 적군을 완전히 흩어버리고 꼼짝 못하게 자기 요새로 몰아넣었을 뿐 아니라, 또한 모든 면에서 우리가 상상했던 것과는 전혀 다른 양상으로 엄청난 패배를 안겨주었습니다.

그런데 말이 너무나 날쌔다 보니 적을 추격하는 데 내가 가장 앞장서게 되었고, 또 적군이 때마침 반대편 성문을 통해 다시 빠져나가는 것을 발견했기 때문에, 나는 병사들이 시장 광장으로 합류하노록 나팔로 신호를 보내는 것이 좋을 거라는 생각이 들었지요. 나는 말을 멈춰 세웠습니다.

그런데 여러분, 나팔수도 병사들도 주변에 없다는 것을 알았을 때 내가 얼마나 당황했을지 상상해보기 바랍니다. ― '병사들이 혹시 다른 길로 빠져버린 것인가? 대체 어떻게 된 일이란 말인가?' 하고 생각했지요. 그 사이에 병사들은 엄청나게 멀리 떨어져 있었던 것 같고, 틀림없이 곧 나를 뒤쫓아 오리라고 판단했지요.

이렇게 예상하며 나는 숨을 헐떡이는 말을 시장 광장의 분수대로 몰고 가서 물을 먹였습니다. 말은 아주 엄청나게 많은 물을 빨아들였고 아무리 마셔도 갈증은 해소되지 않는 것 같았습니다. 그런데 그것은 아주 당연한 일이었지요. 부하들이 오는지 주변을 둘러보는 순간, 내 눈에 어떤 모습이 들어왔는지 짐작이나 하겠습니까?

이 불쌍한 짐승의 뒷부분 전체, 그러니까 엉덩이와 허리가 마치 단칼에 잘린 듯 떨어져나가고 없지 뭡니까. 그래서 물은 입을 통해 들어가서 갈증을 해소시켜주거나 원기를 회복시켜주기는커녕 곧장 뒤편으로 빠져나가버렸던 것입니다. 어떻게 해서 이런 일이 벌어지게 되었는지 도무지 알 수가 없었지요.

그때 마침 마부가 반대 방향에서 허겁지겁 달려와, 끊임없이 다행이라고 중얼거리기도 하고 심한 욕설을 내뱉기도 하면서, 다음과 같은 사실을 알려주었습니다. 내가 달아나는 적군과 뒤섞여 요새 안으로 침입하자 갑자기 방어문이 내려지면서 말의 뒤쪽 반 토막이 싹둑 잘려나갔다

는 것입니다.

이 뒷부분은 처음에는 아무것도 보도 듣도 못한 채 성문 앞에 있던 적들 사이에서 끊임없이 발길질을 해서 아주 극심한 피해를 입혔답니다. 그 후에는 의기양양하게 부근의 초원을 거닐고 있었는데, 어쩌면 그곳에서 반쪽을 찾을 수 있을 거라고 했습니다.

나는 즉시 방향을 돌렸고, 아직 나에게 남아 있던 말의 앞부분 반쪽을 전속력으로 몰아 초원으로 갔지요. 그곳에 나머지 반쪽이 있는 것을 발견하자 너무나 기뻤습니다. 그런데 그 반쪽이 어떤 희한한 짓거리를 즐기고 있는 것을 알고서 더욱 경탄했습니다. 그 짓은 지금까지 아무리 재치가 뛰어난 재담꾼이라도 머리가 없는 짐승에 대한 재담으로는 그 이상을 찾아낼 수 없을 정도로 기발했습니다.

한마디로 말해, 경이롭게도 말의 뒷부분은 그 짧은 순간에 초원을 돌아다니는 암말들과 아주 친숙한 관계를 맺었고, 그 하렘들을 즐겁게 해주느라 그동안 겪었던 모든 불행을 잊어버린 듯했습니다. 이런 일에는 확실히 머리는

필요 없었기 때문에, 이 위안거리로 생겨난 새끼 말들조차 쓸모없는 기형이었습니다. 왜냐하면 모든 새끼들은 그 아비가 교미할 때 없었던 부분이 빠진 채 태어났기 때문입니다.

말의 양쪽 부분이 너무나 명확하게도 모두 살아 있었기 때문에, 나는 즉각 수의사를 불러오도록 시켰습니다. 수의사는 깊이 생각해보지도 않고 두 부분을 마침 손에 들고 있던 어린 월계수 나뭇가지로 서로 꿰매버렸지요. 상처는 다행히 잘 아물더군요.

그런데 이토록 명성이 자자한 말에게만 어울릴 법한 일이 일어났습니다. 다시 말해, 어린 가지가 말의 몸에 뿌리를 내리고 쑥쑥 자라나서 정자처럼 그늘을 만들어준 것입니다. 나는 그 후로 내 것이자 내 말의 것이기도 한 그 월계수나무 그늘에 앉아 많은 여행을 했고, 또 칭송도 많이 받았습니다.

이 전투에서 생긴 또 다른 사소한 불편을 잠깐 언급하지 않을 수 없군요. 나는 적들을 향해 너무나 격렬하게 지칠 줄 모르고 칼을 휘둘렀기 때문에, 마침내 팔을 마음대

로 제어하지 못할 지경이 되었습니다. 그때는 적들은 이미 멀리 달아나고 없었지요. 이제 나 자신이나 너무 가까이 다가온 부하들이 공연하게 얻어맞지 않도록 하기 위해 팔을 8일 동안이나 붕대로 꽁꽁 묶어두지 않을 수 없었답니다.

여러분은 분명 리투아니아산 준마 같은 말을 몰 수 있는 남자라면 또 다른 말타기 재주도 부릴 수 있다고 믿을 것입니다. 물론 약간 황당하게 들릴지도 모르지만 말입니다. 한번 들어보시죠.

지금은 어떤 도시였는지 정확히 기억나지 않지만 우리는 한 도시를 포위했고, 총사령관은 좀 이상하게도 요새 내부의 상황이 어떤지 정확히 알고 싶어 안달이었습니다. 수많은 전초부대, 초소, 보루를 지나 요새 안으로 들어가는 일은 지극히 힘들어 보였고, 사실 거의 불가능했습니다. 또한 그런 일을 성공적으로 해낼 수 있으리라 기대되는 탁월한 인물도 전혀 없었지요.

나는 용기와 지나친 열의 때문에 너무 성급한 감이 없

지 않았지만 이제 막 요새를 향해 발사되는 가장 큰 대포알 위에 재빨리 올라탔습니다. 그 대포알을 타고 요새 안으로 들어가려는 의도에서였습니다.

　그러나 공중으로 반쯤 날아가고 있을 때 갑자기 적잖게 주저되는 온갖 생각들이 떠올랐습니다. '흠, 이제 안으로 들어가는 것은 확실하지만, 나중에 어떻게 빠져나올 수 있단 말인가? 요새에 들어가면 어떤 일이 벌어질까? 적들은 나를 금세 첩자로 알아보고 교수대에 매달 거야. 이런 식의 명예로운 죽음은 원치 않았는데 말이야.'

　나는 이런저런 고민을 한 끝에 결심을 굳히고 요새에서 발사한 대포알 하나가 내 앞을 지나 우리 진지로 날아가는 행운의 기회를 이용해서 그 포탄 위로 건너뛰었지요. 비록 목적은 이루지 못했지만 목숨만은 건져서 간신히 진지로 되돌아왔답니다.

　나는 뛰어넘는 재주가 보통은 아니었는데, 내 말도 마찬가지였습니다. 나는 매번 도랑이나 철책도 쉽게 뛰어넘어 어디서나 거침없이 나아갈 수 있었습니다. 그런데 한번은 내가 토끼를 뒤쫓고 있었는데, 그 녀석은 들판을 가

로질러 한길을 건너 달아나지 뭡니까.

마침 어떤 마부가 아름다운 귀부인 두 명을 태우고 한길을 따라 나와 건너편의 토끼 사이로 지나가고 있었습니다. 그런데 내 말이 너무나 잽싸게 열려 있던 마차의 창문을 통과해버렸기 때문에, 나는 부인들에게 불손한 행동에 대해 모자를 벗고 공손하게 용서를 구할 틈도 없었답니다.

또 한번은 한참 껑충껑충 뛰며 말을 달리고 있던 중에 습지가 나타나기에, 폭이 그리 넓어 보이지 않아서 그냥 건너뛰려고 했습니다. 그래서 힘차게 도움닫기를 하기 위해 공중에 떠 있는 상태에서 다시 오던 방향으로 말머리를 돌렸습니다.

그런데 두 번째에도 너무 약하게 점프를 해서 반대편 평지에 약간 못 미치는 곳에 떨어져 그만 머리만 빼고 온몸이 습지에 빠지게 되었지요. 여기서 나는 틀림없이 목숨을 잃었겠지요. 만약 내 팔이 내 머리채를 붙들고, 더구나 무릎 사이에 꼭 끼고 있던 말과 함께 다시 밖으로 끌어낼 정도로 힘이 세지 못했다면 말입니다.

내가 아무리 용맹스럽고 영리하다 하더라도, 나와 내 말이 아무리 민첩하고 노련하고 강인하다 하더라도, 터키 전에서는 모든 일이 매번 뜻대로 되지는 않았습니다. 나는 심지어 수많은 적들에 압도되어 포로가 되는 불운도 겪었지요.

사실 더 심각한 일은, 물론 터키인들 사이에서는 흔한 일이지만, 내가 노예로 팔려갔다는 점이지요.

이러한 굴욕적인 상황에서 나의 일상은 어렵고 고된 것이 아니라, 오히려 이해할 수 없고 한심한 것이었습니다. 말하자면 나는 술탄의 꿀벌들을 아침마다 들판에 풀어놓고 그곳에서 하루 종일 지키고 있다가 저녁이 되면 다시 벌통 속에 몰아넣는 일을 해야 했지요.

어느 날 저녁 꿀벌 한 마리가 없어졌는데, 곰 두 마리가 꿀을 먹기 위해 그 벌을 습격해서 갈가리 찢으려는 순간에 발견하였습니다. 그런데 손에 든 무기라고는 술탄의 정원사와 농부의 표식인 은도끼밖에 없었기 때문에, 그것을 도둑 곰 두 마리를 향해 던졌습니다. 단지 겁을 주어 그 녀석들을 물러나게 하려는 의도밖에 없었지요. 그리고 실제로도 그렇게 해서 그 불쌍한 꿀벌을 풀려나게 해주었습니다.

다만 불행하게도 내가 팔에 힘을 너무 세게 주었던지 도끼는 하늘 높이 날아가서 올라가기를 멈추지 않았지요. 결국 도끼는 달에 떨어졌습니다. 그 도끼를 이제 어떻게 찾아온단 말입니까? 지상의 그 어떤 사다리를 이용해서 가져온단 말인가요?

그때 터키산 콩이 아주 빨리, 그리고 놀라울 정도로 높이 자란다는 생각이 갑자기 떠올랐습니다. 나는 곧바로 콩을 심었고, 그 콩은 정말로 아주 높이 자라나서 마침내 달의 한쪽 귀퉁이를 감았습니다. 나는 안심하고 달을 향해 기어오르기 시작했고 안전하게 달에 도달했습니다. 온통 은빛투성이로 반짝이는 달에서 은도끼를 찾는 것은 대단히 힘든 일이었지요. 그러나 마침내 나는 짚북데기와 건초 더미 위에 떨어진 도끼를 찾았습니다.

다시 내려가려는데, 아 이럴 수가! 태양의 열기 때문에 그 사이에 콩나무가 바짝 말라버려서 그것을 타고 내려가기란 전혀 불가능해져버린 것입니다. 이제 어쩌면 좋을까요?

　나는 건초로 가능한 한 길게 새끼줄을 꼬았습니다. 그러고는 새끼줄을 달의 한쪽 귀퉁이에 단단히 묶고 거기에 매달려 아래로 내려왔습니다. 오른손으로 줄을 꼭 붙들고 왼손에는 은도끼를 들었지요. 새끼줄 끝까지 내려온 후에 매번 위쪽의 쓸모없는 줄을 끊어내서 그것을 다시 아래쪽에 연결시켜 묶고, 그런 식으로 해서 꽤 많이 내려왔습니다.

　이렇게 계속해서 자르고 다시 묶는 것이 더 이상 불가능할 정도로 새끼줄이 짧아졌을 때는 술탄의 농지에 매우 가까워져 있었습니다. 아마 몇 킬로미터 위쪽에 떠 있는 구름에 도달한 것 아닌가 싶었을 때 갑자기 줄이 끊어졌고, 나는 너무나 큰 충격을 받으며 땅바닥으로 떨어져 완전히 정신을 잃고 말았습니다.

　그토록 높은 곳에서 떨어진 내 몸무게 때문에 땅 속으로 18미터나 되는 깊은 구덩이가 생기게 되었지요. 나는 겨우 정신을 차렸지만 어떻게 밖으로 나가야 할지 막막했습니다. 하지만 하늘이 무너져도 솟아날 구멍은 있다고

하지 않았던가요? 나는 다행히 손톱을 이용해 일종의 계단을 파서 밖으로 나오게 되었답니다. 당시에 그 손톱은 40년 동안이나 기른 것이었으니까요.

이 고된 경험으로 이전보다 요령이 늘어서 그 후로는 벌과 꿀통을 습격하는 곰들을 더 쉽게 쫓아내게 되었습니다. 나는 짐수레의 일자형 손잡이에 꿀을 발라놓고 밤중에 그곳에서 멀지 않은 은신처에 숨었습니다.

내 예상이 그대로 적중했지요. 엄청나게 큰 곰 한 마리가 꿀 냄새를 맡고 접근하더니 쇠막대의 끝부분을 정신없이 핥아먹기 시작했습니다. 마침내 쇠막대가 목구멍, 위, 배를 거쳐 항문 쪽으로 빠져나갈 때까지 전체를 핥았지요. 곰이 끝까지 말끔하게 핥아먹었을 때, 나는 달려가서 쇠막대 손잡이의 구멍에 긴 말뚝을 집어넣어 빠져나가지 못하게 해놓았지요. 그리고 다음 날 아침까지 그대로 버려두었습니다. 우연히 산책을 하며 지나가던 술탄은 이 모습을 보고 우스워서 죽을 뻔했습니다.

이 일이 있고 얼마 지나지 않아 러시아는 터키와 평화조약을 맺었고, 나는 다른 포로들과 함께 다시 상트 페테

르부르크로 이송되었습니다. 그러나 나는 지금으로부터 약 40년 전, 러시아가 대혁명[9]에 휩싸일 무렵에 사람들과 작별하고 그곳을 떠났습니다. 왜냐하면 어린 황제는 부모들과 브라운슈바이크 공작, 뮈니히 사령관과 그 밖의 많은 사람들과 함께 시베리아로 유배되었기 때문입니다.

당시 유럽 전역에 유례없이 혹독한 겨울이 찾아왔기 때문에, 태양은 일종의 동상을 입었던 것이 틀림없었습니다. 태양은 그 시절 이후로 오늘날까지 얼룩덜룩한 반점을 지니고 있으니까요. 이 때문에 나는 고국으로 돌아가는 동안 러시아로 여행을 떠나올 때보다 훨씬 더 심한 불편을 느꼈습니다.

리투아니아산 준마는 터키에 두고 왔기 때문에 나는 우편마차를 이용해서 길을 가야만 했지요. 그런데 공교롭게도 높이 자란 가시나무 울타리 사이로 난 좁고 우묵한 길에 도착했을 때였습니다. 나는 마부에게 뿔나팔로 신호를

───── 9 엘리자베타 여제가 1741년 11월 25일 쿠데타를 일으켜 왕위에 오른 사건. 자신의 아들 이반 6세 황제에 대해 공동으로 섭정을 해왔던 표트르 1세의 조카딸의 딸인 안나 이바노브나와 그 남편인 브라운슈바이크의 안톤 울리히 왕자를 시베리아로 유배 보냈다.

보내는 것을 잊지 말라고 주의를 주었습니다. 이 좁은 길에서 혹시 마주 오는 마차에 갇혀 꼼짝 못하는 일이 일어나지 않도록 하기 위해서였죠.

마부는 뿔나팔을 입에 대고 온 힘을 다해 불기 시작했지만 아무리 해도 소리가 나지 않았습니다. 미약한 소리조차 나지 않아 도무지 그 영문을 알 수 없었고, 이것은 사실상 엄청난 재앙을 부르게 되었습니다. 때마침 마주 달려오던 또 다른 마차가 피할 틈도 없이 우리 마차와 충돌했기 때문입니다.

그렇지만 나는 마차에서 뛰어내려 무엇보다 말들을 먼저 마차에서 떼어냈습니다. 그러고 나서는 바퀴가 네 개나 달린데다 소포들로 가득 찬 마차를 어깨에 걸머지고 2미터가 넘는 울타리 너머 들판으로 건너뛰었습니다. 마차의 무게를 고려한다면 이것은 결코 사소한 일이 아니었지요. 마주 오던 마차 뒤편으로 다시 한 번 건너뛰어 길로 들어섰습니다.

그 다음은 급히 말들에게 되돌아가 겨드랑이에 각각 한 마리씩 끼고 이전과 같은 방식으로, 다시 말해 울타리 이

쪽저쪽으로 건너뛰기를 두 번이나 해서 순식간에 제자리로 데려왔습니다. 나는 말들을 다시 마차에 묶었고, 우리는 마침내 목적지의 숙소에 무사히 도착했습니다.

한 가지 더 언급하자면 네 살이 넘지 않은 매우 반항적인 말 한 마리가 지독히 말썽을 부렸답니다. 두 번째로 울타리를 건너뛰었을 때, 내가 너무 과격하게 다루었던지 그 말은 히힝거리고 발버둥 치며 대단히 불편한 심기를 드러낸 것입니다. 그러나 나는 말 뒷다리를 외투 주머니 속에 집어넣는 것으로 아주 쉽게 제지해버렸지요.

숙소에 도착하고 나서야 모험을 한 차례 겪은 우리는 원기를 회복했습니다. 우편마차 마부는 뿔나팔을 부엌 아궁이 곁의 못에 걸어두었고, 나는 그 맞은편에 앉아 있었습니다.

그런데 여러분, 그때 무슨 일이 벌어졌는지 잘 들어보세요! 별안간 '붕! 붕! 부—웅!' 하는 소리가 나는 것이 아니겠습니까. 우리는 눈이 휘둥그레졌고, 마부가 뿔나팔을 불지 못했던 원인을 단번에 알아냈습니다. 그 소리는 뿔나팔 속에 얼어붙어 있다가 서서히 녹아 이제서야 맑고

또렷하게 울려나오기 시작한 것입니다. 이것으로 마부의 명예는 적지 않게 회복된 것으로 보였습니다. 왜냐하면 이 정직한 사람은 뿔나팔에 입을 대지 않고도 상당히 오랫동안 아주 멋진 변주곡들로 우리를 즐겁게 해주었기 때문이지요.

그때 우리는 〈프로이센 행진곡〉, 〈사랑이 없었다면 눈물도 없을 것을〉, 〈내가 표백소에 있었을 때〉, 〈어젯밤에 조카 미셸이 왔다네〉, 그 외에 다른 많은 곡들을 들었고, 심지어 야상곡 〈이제 모든 숲은 잠들어 있다〉도 들었습니다.

이 마지막 곡으로 길게 이어지던 연주는 끝났고, 나도 이쯤에서 러시아 여행 이야기를 마치도록 하겠습니다.

많은 여행객들이 지금까지 엄밀한 의미에서 사실을 넘어서는 이야기들을 사실이라고 주장했을 겁니다. 이 때문에 이야기를 읽는 독자나 듣는 청중들이 불신하는 경향을 보이는 것은 놀랄 일이 아닙니다. 그렇지만 여기 모인 여러분들 중 누군가가 내 이야기의 진실성을 의심한다면,

나는 그 믿음 부족을 참으로 유감스럽게 여기며, 그런 분들은 바다 모험담을 시작하기 전에 차라리 떠나달라고 부탁하지 않을 수 없군요.

이 모험담은 훨씬 더 신기하지만, 마찬가지로 사실에 근거한 것일 뿐입니다.

뮌히하우젠 남작의
바다 모험 이야기

태어나서 최초로 여행을 하게 된 것은 앞서 몇 가지 신
기한 이야기들을 들려주었던 러시아 여행보다 훨씬 전의
일로, 바로 바다 여행이었습니다.

내가 본 사람 중에 수염이 가장 무성한 경기병 연대장
이었던 삼촌이 입버릇처럼 놀려댔듯이, 나는 철없는 여자
애들과 어울려 다녔고, 사람들이 내 턱에 난 하얀 털이 솜
털인지 아니면 수염이 자라기 시작한 것인지 아직 분명하

게 알 수 없던 때이긴 했지만, 그때 이미 여행은 내가 마음속으로 유일하게 열망하던 것이었습니다. 나의 아버지도 젊은 시절에 꽤 오랫동안 여행으로 세월을 보냈고, 또 많은 겨울밤을 자신의 모험담을 솔직하고 꾸밈없이 들려주는 것으로 유쾌하게 보냈습니다. 아버지의 이야기는 나중에 몇 가지 들려주도록 하겠습니다. 이 때문에 사람들이 나의 이런 기질을 선천적인 것이라고 하든, 후천적인 것이라고 하든 모두 일리가 있는 말이지요.

나는 틈만 나면 세상 구경을 하고 싶은 호기심을 채우기 위해 때로는 애타게 간청하기도 하고 때로는 억지를 부려보기도 했습니다. 그러나 모두 소용이 없었답니다. 한번은 아버지에게서 반승낙이나마 받아내는 데 성공했지만 어머니와 친척 아주머니들이 심하게 반대해서, 애걸복걸해서 얻어낸 모든 것이 순식간에 물거품이 되어버렸지요.

그러던 어느 날 외가 쪽 친척 한 분이 우리 집에 찾아왔습니다. 나는 금세 그분의 총애를 받았지요. 그분은 자주 내가 아주 멋지고 쾌활한 젊은이라고 말했고, 내 간절한 소망을 이루는 데 도움이 되는 일이라면 어떤 것도 마다 하지 않겠다고 약속했습니다. 그분의 답변은 내 말보다 효력이 있었고, 수많은 제안과 반대 제안, 이의와 반박이 오간 후에 마침내 그분을 따라 실론 섬으로 여행을 해도 좋다는 허락이 떨어졌습니다. 나는 말로는 설명할 수 없을 정도로 기뻤지요. 그분의 삼촌은 실론 섬에서 수년간 총독으로 지낸 적이 있었답니다.

우리는 네덜란드 의회의 지체 높은 대신들의 중요한 임무를 위임받고 암스테르담에서 배를 타고 출발했습니다. 무시무시했던 폭풍을 제외하면 특별한 사건은 없었습니다. 그러나 이 폭풍에 관해서는 그 결과가 엄청났기 때문에 몇 마디 언급하지 않을 수 없군요.

우리가 땔감과 식수를 구하기 위해 막 어떤 섬 부근에 닻을 내렸을 때 폭풍이 너무나 거세게 몰아쳐서 엄청나게 굵고 큰 나무들이 뿌리째 뽑혀 공중으로 수없이 날려갔습니다. 이 나무들 중 몇 그루는 무게가 수천 킬로그램이나 되었는데도 엄청나게 높이 날아갔기 때문에, ─ 땅에서 적

83

어도 8킬로미터는 되었을 것입니다—가끔 공중에 날아
다니는 조그만 깃털만해 보이더군요. 그러나 폭풍이 잦아
들자 모든 나무들이 수직으로 원래의 자리에 떨어졌고,
금세 다시 뿌리를 내렸기 때문에 피해를 입은 흔적은 거
의 찾아볼 수 없었지요.

다만 가장 큰 나무 한 그루는 예외였습니다.

폭풍이 갑자기 세차게 몰아쳐 그 나무가 땅에서 뽑혀
나갈 때, 마침 한 남자가 아내와 함께 그 나무에 올라가
오이를 따고 있었던 것입니다. 이 지역에서는 이 귀한 열
매가 나무에서 자라고 있었기 때문이지요. 그 정직한 부
부는 블랑샤르[10]의 숫양만큼 얌전하게 공중으로 함께 날
려갔지만, 그들의 무게 때문에 나무는 방향이 약간 빗나
갔을 뿐 아니라 또한 옆으로 기울어져 떨어지게 되었습
니다. 그런데 대부분의 이 섬 주민들과 마찬가지로 참으
로 자비로운 카치케(추장)도 폭풍이 부는 동안 집이 무너

---

10 **François Jean Pierre Blanchard**(1753–1809), 프랑스의 열기구 여행가. 그는
최초로 열기구를 타고 영불해협을 건넜고(1785), 비행할 때 숫양 한 마리도 함께 태
웠다.

져 잔해더미에 깔려 죽을까봐 겁이 나서 피난을 갔습니다. 그가 막 정원을 가로질러 돌아오던 중에 이 나무가 쿵 하며 떨어졌고, 다행스럽게도 추장은 그 자리에서 즉사했지요.

　―다행이라고 했던가요?―

　네, 그렇습니다. 그것은 다행한 일이었습니다. 왜냐하면, 여러분께 감히 말하자면, 그 카치케는 아주 지독한 폭군이었고, 섬 주민들은 그 측근들이나 소실들이나 할 것 없이 모두가 세상에서 가장 가련한 사람들이었기 때문입니다. 카치케의 곳간에는 먹을 것이 썩어가고 있었지만, 수탈당한 백성들은 배고픔에 시달리고 있었습니다. 이 섬은 외부에서 적이 쳐들어올까 염려할 필요가 없는 곳이었지요. 그런데도 불구하고 카치케는 모든 젊은이들을 데려가서 친히 매질을 해가며 용맹스럽게 훈련시켰고, 때때로 그런 병사들을 값을 가장 많이 쳐주는 이웃 영주들에게 팔아치웠답니다. 이렇게 해서 선친으로부터 물려받은 수백만 금의 화폐에 또다시 수백만 금을 더 챙기는 것이었습니다.

사람들은 카치케가 이 유례없는 통치 방식을 북부 지역을 여행하던 중에 배워왔다고 알려주었습니다. 우리가 아무리 애국심이 넘친다 하더라도 이 주장이 엉터리라고 반박할 수는 없습니다. 이 섬 주민들에게 있어 북부 지역으로의 여행은 바로 카나리아 제도로의 여행이자 그린란드로 유람하는 것을 의미했기 때문이지요. 우리는 여러 가지 이유에서 더 정확한 설명을 요구하고 싶지 않았습니다.

　오이를 따던 부부는 비록 우연한 일이기는 했지만 그곳 주민들에게 베푼 엄청난 공로에 대한 감사의 표시로 죽은 카치케의 자리에 추대되었습니다. 이 선량한 부부는 열기구를 타고 여행을 하던 중, 세상의 큰 빛에 너무 가까이 다가갔다가 시력뿐 아니라 마음의 빛도 약간 잃기는 했습니다. 그럼에도 그들은 너무나 모범적으로 통치했기 때문에, 나중에 들은 바로는, 사람들이 오이를 먹을 때 '카치케에게 신의 가호'를 빌지 않은 이가 없었다고 합니다.

11　자기 지방 사람들을 영국에 군인으로 팔아치운 독일 헤센—카셀 지방 방백에 대한 암시.

우리는 이 폭풍으로 적지 않게 손상된 배를 다시 수리하고, 또 신임 군주 부부와 작별을 한 후에 알맞게 부는 바람을 맞으며 운항을 시작해서 6주 후에 무사히 실론 섬에 도착했습니다.

　우리가 도착한 지 2주 정도 지났을 때 총독의 장남이 나에게 함께 사냥을 가자고 제안했습니다. 물론 나는 그 제안을 기꺼이 받아들였습니다. 이 친구는 키가 크고 강인한 남자였는데, 그곳 기후 특유의 열기에 익숙해 있었지요. 나는 비교적 느리게 이동했는데도 얼마 지나지 않아 완전히 지쳐서 숲에 도착했을 때는 그에게서 한참이나 뒤처져 있었습니다.

　굽이치며 흐르는 강물을 한동안 구경하다가 그곳에서 좀 쉬어가기 위해 막 앉으려는 순간 갑자기 아까 지나온 길에서 이상한 소리가 들렸습니다. 뒤를 돌아보니 엄청나게 큰 사자가 나를 향해 사정없이 달려드는 것이었습니다. 나는 몸이 거의 돌처럼 굳어버렸습니다. 사자는 내 동의도 구하지 않은 채 불쌍한 이 몸을 아침 식사거리로 삼겠다는 의도를 노골적으로 드러냈습니다. 내 화승총에는 토끼용 산탄만 재워져 있었지요. 시간도 없고 정신도 반이나 나간 상태여서 오래 생각해볼 겨를도 없었습니다. 하지만 나는 그 짐승에게 총이라도 쏘아보기로 결심했습니다. 그 짐승을 놀라게 하거나 어쩌면 상처를 입힐 수도 있을 것이라고 기대했기 때문이지요. 그런데 나는 너무 겁이 나서 사자가 사정거리 안에 들어올 때까지 기다리지 못하고 총을 발사해버리고 말았습니다. 그 때문에 사자는 흥분해서 더욱 맹렬하게 달려들었습니다. 그래서 이성적으로 신중히 판단하기보다는 오히려 본능적으로 불가능한 일을 시도해보았지요.

달아나려고 한 것입니다. 나는 몸을 돌렸는데,─이 일을 떠올릴 때마다 아직까지도 온몸에 오싹한 전율이 느껴집니다─몇 발짝 앞에 무시무시한 악어가 나를 잡아먹기 위해 아가리를 쫙 벌리고 있었습니다.

여러분도 내 처지가 얼마나 끔찍했는지 상상해보기 바랍니다! 뒤쪽에는 사자가, 앞쪽에는 악어가, 왼편에는 세찬 강물이, 오른편에는 절벽이 있었으니까요. 나중에 들

은 바로는 그 절벽 아래에는 독사들이 우글거리고 있었다
고 합니다.

　나는 완전히 넋이 나가서─이 상황에서는 천하의 헤라
클레스라 하더라도 나쁘게 여기지 않았을 것입니다─땅
에 바짝 엎드렸지요. 제정신으로 겨우 할 수 있는 것이라
곤 이제 사나운 맹수의 이빨이나 발톱이 닿는 것을 느끼
거나, 악어의 아가리 속으로 들어갈 것이라는 끔찍한 예
상이었습니다. 그런데 잠시 후에 나는 무시무시하면서도
아주 이상한 소리를 들었습니다. 마침내 조심조심 머리를
들고 주위를 둘러보았지요. 여러분은 어떤 생각이 드는지
요?

　참으로 다행스럽게도 사자는 워낙 맹렬하게 달려들었
기 때문에 내가 바닥에 엎드린 바로 그 순간 나를 뛰어넘
어 악어의 아가리 속으로 돌진하고 말았던 것입니다. 사
자의 대가리는 이제 악어의 목구멍 속에 박혀 있었고, 그
두 마리 짐승은 죽자 살자 서로에게서 벗어나려고 발버둥
쳤지요. 이때를 놓치지 않고 나는 벌떡 일어나서 사냥칼
을 꺼내 사자의 머리를 단방에 베어버렸습니다. 그 짐승

의 몸통이 내 발치에서 부들부들 경련을 일으키더군요. 다음으로 나는 총 개머리판으로 사자의 대가리를 악어 아가리 속으로 더욱 깊게 밀어 넣었고, 악어는 곧바로 비참하게 질식해버렸지요.

내가 이 끔찍한 두 마리의 짐승들에게 완벽한 승리를 거둔 직후에 친구가 왔고, 내가 뒤처지게 된 이유를 알아차렸습니다. 서로 축하인사를 건넨 뒤 악어의 길이를 재봤더니 12미터 하고도 40센티미터나 되었습니다.

우리가 총독에게 이 기상천외한 모험을 들려주자, 총독은 즉시 마차와 몇 사람을 딸려 보내 그 짐승들을 자기 집으로 실어 오도록 했습니다. 나는 현지의 모피공에게 사자 가죽으로 담배쌈지를 몇 개 만들도록 시켜서 실론에 있는 친지들 몇 사람에게 선물로 주었습니다. 나머지는 네덜란드로 돌아왔을 때 시장에게 선사했고, 시장은 답례로 금화 천 냥을 주겠다고 했지만 나는 한사코 사양했습니다.

악어는 통상적으로 하는 대로 박제했으며, 지금은 암스테르담 박물관의 가장 진귀한 전시품들 중의 하나가 되었지요. 그곳의 안내인은 모든 관람객들에게 별의별 이야기를 다 들려주고 있습니다. 그런데 그는 이야기를 약간 부풀리는 버릇이 있기 때문에, 사실과 차이 나게 말하면 참으로 듣기 민망할 정도입니다. 예컨대 사자가 악어의 몸을 관통해서 항문을 통해 달아나려 했고, 세계적으로 유명한 남작께서—그는 나를 이렇게 부르곤 합니다—머리가 나오는 순간 그것을 잘라버렸으며, 그때 악어의 꼬리도 1미터 가량 함께 잘려나갔다고 말하곤 한답니다. 그는 요즘도 계속해서 악어는 꼬리가 잘려나갈 때 그냥 있지 않고 몸을 돌려 남작의 손에서 사냥칼을 낚아채 너무나 성급하게 삼켜버렸고, 그 칼은 악어의 심장을 관통해서 그 자리에서 즉사했다고 늘어놓고 있답니다.

여러분, 내가 이 불한당의 뻔뻔스러운 언행을 얼마나 기분 나쁘게 여기는지 밝힐 필요는 없을 것 같군요. 나를 모르는 사람들은 그런 새빨간 거짓말 때문에 의심 많은 이 시대에 나의 실제 행위의 진실성까지 불신하게 되겠지요. 이것은 명예를 중시하는 기사에게는 참으로 모욕적이고 불쾌한 일입니다.

1776년에 나는 영국의 포츠머스 항에서 북아메리카로 향하는 1등선 전함에 승선했는데, 그 배에는 대포가 100대 배치되어 있었고, 병사들은 1,400명이나 타고 있었습니다. 여기서 먼저 영국에서 겪었던 온갖 일들에 관해 설명할 수도 있겠지만, 그것은 다음 기회로 미루도록 하겠습니다. 다만 내가 아주 멋지다고 여겼던 한 가지 일만은 설명하려고 합니다.

나는 국왕이 아주 화려하게 국빈용 마차를 타고 의회로 나아가는 장면을 구경할 기회가 있었지요. 영국 문장을 아주 선명하게 새겨 넣은 대단히 인상적인 수염을 가진 마부가 마부석에 위엄 있게 앉아서 채찍을 명확하고도 정교하게 다음과 같은 모양[12] 으로 휘둘렀습니다.

우리가 세인트 로렌츠 강에서 바다로 480킬로미터쯤 항해해 나아갈 때까지는 진기한 일은 일어나지 않았습니다. 그런데 여기서 우리 배가 어떤 물체와 엄청나게 세게 충돌했는데, 마치 바위에 부딪히는 것 같았습니다. 우리는 즉각 수심을 재는 측연을 던져 넣었는데, 수심이 1,000미터가 나왔기 때문에 어찌된 영문인지 알 수 없었지요. 그런데 이 사고에서 더욱 신기하고 이해할 수 없었던 점

---

12 Georg Rex의 머릿글자 G와 R을 뜻함.

은 우리가 조종키를 잃어버렸고, 이물의 돛대 지지대가 두 동강 났을뿐더러, 모든 돛대가 위에서 아래까지 산산조각 났다는 것입니다. 그 일로 두 사람이 갑판에서 튕겨 나갔지요. 마침 중앙 돛대 위에 올라가 돛을 걷고 있던 불쌍한 병사는 적어도 5킬로미터는 날아가서 물속에 빠졌답니다. 다만 그는 공중으로 날아가는 동안 붉은가슴기러기의 꼬리를 붙들었기 때문에 다행히 목숨은 건졌지요. 물속에 떨어지는 충격이 줄어들었을 뿐 아니라 기러기의 등에, 더 정확히 말해 목과 날개 사이에 매달려 마침내 배 위로 건져 올려질 때까지 헤엄을 치며 뒤따라 올 수 있었던 것입니다.

그 충격이 엄청났다는 것을 보여주는 또 다른 증거는 1층 선실 사이에 있던 모든 병사들이 튕겨 올라 갑판에 부딪혔다는 점입니다. 그 일로 내 머리가 위 속까지 밀려들어가 원래의 위치로 돌아오기까지는 아마 몇 달쯤 걸렸을 겁니다.

우리들 모두는 아직도 형언할 수 없는 혼란 상태에 놓여 있었는데, 그때 갑자기 커다란 고래 한 마리가 나타남으로써 원인이 밝혀졌습니다. 고래는 물 위로 떠올라 햇볕을 쬐다 깜빡 잠이 들었던 것입니다. 그 괴물 고래는 우리 배에 방해받은 것에 너무나 화가 나서 꼬리를 휘둘러 선미의 망루와 상갑판 일부를 부숴버렸고, 또한 평소처럼 키에 감겨 있던 커다란 닻을 이빨로 물고서 우리 배를, 한 시간에 10킬로미터라고 계산하더라도, 적어도 100킬로미터나 끌고 갔답니다. 다행히 닻의 밧줄이 끊어지지 않았더라면 계속해서 어디로 끌려갔을지 아무도 몰랐을 겁니다. 그렇게 해서 고래는 우리 배를 놓쳤고, 동시에 우리 역시 닻을 잃어버렸지요.

이 일이 있은 지 여섯 달 후 우리가 다시 유럽으로 돌아오는 길에 이전의 그 장소에서 몇 킬로미터 떨어지지 않은 곳에서 바로 그 고래가 죽어서 물 위로 떠다니고 있는 것을 발견했습니다. 고래의 길이는 거짓말 보태지 않고 자그마치 800미터나 되었지요.

우리는 그 어마어마한 녀석을 배 위로 끌어올릴 수 없었기 때문에, 보트를 내려 녀석의 머리를 아주 힘들게 잘라냈습니다. 닻뿐 아니라 고래의 왼쪽 이빨이 빠진 자리에 걸려 있던 80미터가 넘는 밧줄도 찾고 나니 참으로 기뻤습니다. 이것이 이번 여행에서 일어난 단 한 번의 특별한 일이었습니다.

아참, 잠깐!

한 가지 사고를 빠뜨릴 뻔했군요. 말하자면 고래가 처음에 우리 배를 끌고 나갈 때, 배에는 균열이 생겼고, 물이 너무나 세차게 쏟아져 들어왔기 때문에 펌프를 총동원해도 배가 침몰하는 것을 반 시간도 막아주지 못할 지경이었습니다. 운 좋게도 나는 이 재앙을 가장 먼저 발견했지요. 지름이 25센티미터쯤 되는 커다란 구멍이 나 있었습니다. 온갖 방법을 동원해 구멍을 막아보려고 했지만 허사였습니다.

결국 나는 세상에서 가장 기발한 착상을 떠올려 이 멋진 배와 수많은 병사들 모두를 구해냈지요. 구멍이 비록 그 정도로 컸지만 나는 바지를 벗지 않은 채 가장 소중한 부분을 그곳에 끼웠습니다. 구멍이 훨씬 더 컸더라도 충분히 해냈을 겁니다.

여러분, 나의 부모님이 모두 네덜란드, 아니 적어도 그 부근 지방의 선조들에게서 태어났다는 사실을 밝히더라도 놀라워하지는 않겠지요.

좌대에 걸터앉아 있는 동안 나는 몸이 약간 으슬으슬했지만, 목수의 멋진 솜씨 덕분으로 금세 그 상황에서 벗어날 수 있었답니다.

세 번째 바다 모험

한번은 지중해에서 죽을 뻔한 큰 고비를 넘긴 적이 있습니다. 어느 여름날 오후에 마르세유에서 멀지 않은 아늑한 바다에서 목욕을 하고 있었지요.

그때 커다란 물고기가 아가리를 쩍 벌리고 나를 향해 전속력으로 다가오는 것을 발견했습니다. 이러한 상황에서는 한시가 급했고, 피하는 것도 절대 불가능했습니다. 나는 즉각 발을 끌어당기고 팔을 몸에 바짝 붙여서 가능한 한 작게 움츠렸습니다. 이 자세로 곧장 그 물고기의 아가리로 빨려 들어가 위 속으로 굴러 떨어졌지요.

누구나 쉽게 생각할 수 있는 일이지만, 나는 여기서 한 동안 완전히 깜깜한 상태에서 보냈습니다. 어느 정도 따 뜻하기는 하더군요. 나는 물고기가 나를 다시 뱉어내도 록 복통을 일으키고 싶었습니다. 공간이 전혀 없는 것은 아니었기 때문에 발로 마구 차고 껑충껑충 뛰면서 꽤 많 이 괴롭혔습니다. 그러나 발을 굴러대는 것 말고는 그 어 떤 것도 이 녀석을 거북하게 만들 수 없는 것처럼 보였습 니다. 그래서 나는 스코틀랜드식 발구르기 춤을 추려고 애썼습니다. 그러자 물고기는 아주 무시무시하게 비명을 질렀고, 몸통을 거의 수직으로 세워 물 위로 솟아올랐습 니다. 그 바람에 녀석은 마침 그곳을 지나가던 이탈리아 상선의 선원들에게 발견되었고, 몇 분 후에 작살에 찔려 죽었지요.

물고기는 배 위로 끌어올려졌고, 선원들끼리 기름을 최 대한 얻어내기 위해 배를 어떻게 갈라야 하는지 상의하는 소리가 들렸습니다. 나는 이탈리아 말을 알아들을 수 있었기 때문에, 그들의 칼이 내 몸까지 한꺼번에 잘라버릴지 모른다는 끔찍한 불안에 빠졌습니다. 그래서 가능한 한 위 가운데 쪽으로 옮겨갔는데,―그들이 끝부분부터 가르기 시작할 것이라고 확신했기 때문이죠―그곳에는 장정이 열두 명 이상 충분히 들어설 공간이 있었습니다.

예상했던 대로 그들이 아랫배 부분부터 가르기 시작하자 두려움은 곧 사라졌습니다. 그리고 빛이 약간 들어오는 것이 보이는 즉시 나는 당신들을 만나서, 그리고 당신들 덕분에 질식해 죽을 뻔했던 상황에서 벗어날 수 있어서 얼마나 고마운지 모른다고 아주 크게 고함을 질렀습니다.

불고기 속에서 사람 목소리가 들려나오자 그들의 얼굴이 얼마나 놀라움으로 가득했는지 생생하게 묘사하기란 정말 불가능하군요. 그리고는 한 인간이 벌거벗은 모습으로 걸어 나오는 것을 생생히 보게 되자 놀라움은 당연히 더욱 커졌습니다. 나는 자초지종을 간략하게 설명했고, 그들 모두는 이야기를 듣고 기가 막혀했습니다.

기운을 차릴 만한 음식을 약간 먹고 몸을 헹구려고 바

다로 뛰어들었다가 옷을 찾기 위해 헤엄쳐 갔습니다. 물가에 벗어둔 옷은 그대로 있었습니다. 그런데 가만히 계산해보니 그 괴물의 뱃속에 갇혀 있었던 시간이 2시간 반이나 되었던 것 같습니다.

내가 아직 터키군에 붙들려 있었을 때의 일입니다. 나는 비교적 자주 마르모라 해에서 작은 유람선을 타고 놀았는데, 그곳에서는 술탄의 하렘궁을 포함한 콘스탄티노플 시내 전경을 즐길 수 있었습니다. 어느 날 아침 아름답고 장엄한 하늘을 올려다보고 있을 때, 아래쪽에 무언가를 매단 당구공 크기만한 둥근 물체가 공중에 떠 있는 것을 발견했습니다. 나는 즉각 사냥을 나가거나 여행을 할

때 늘 지니고 다니는 가장 길고 멋진 사냥총을 꺼냈습니다. 거기에 탄환 한 발을 재우고 공중에 떠 있는 둥근 물체를 향해 발사했지요. 그러나 빗나가고 말았습니다. 다시 탄환 두 발을 넣고 발사했지만 여전히 맞히지 못했습니다. 탄환을 네 발인가 다섯 발인가 넣고 발사한 세 번째 시도에서 비로소 그 물체의 한쪽 귀퉁이에 구멍을 만들어 떨어뜨렸습니다. 부피가 어마어마한, 그러니까 큰 돔지붕보다도 더 큰 공기주머니에 달린 금빛 찬란한 네모 바구니가 유람선에서 약 4미터 떨어진 곳까지 내려왔을 때, 내가 얼마나 놀랐는지 여러분은 상상도 못할 겁니다. 네모 바구니에는 남자 한 명이 타고 있었고 구유 저으로 보이는 양 반 마리가 들어 있었습니다. 처음의 놀라움이 진정되자 나는 부하들과 함께 이 이상한 비행선을 빙 둘러 쌌습니다.

그 남자는 프랑스인[13]으로 보였는데, 실제로도 그랬습니다. 주머니마다 장식품이 달린 한 쌍의 화려한 시곗줄

---

13 블랑샤르에 대한 암시.

이 달려 있었고, 거기에는 지체가 높아 보이는, 남녀들의 초상화가 그려져 있었습니다. 그는 단춧구멍마다 적어도 금화 백 냥에 해당하는 금메달을 달고 있었고, 손가락마다 다이아몬드가 박힌 반지를 끼고 있었습니다. 윗옷 주머니는 두둑한 금주머니로 가득 차서 거의 바닥에 주저앉을 지경이었지요. 그래서 나는 이렇게 생각했습니다. '야, 이런! 이 남자는 우리 인간들에게 아주 특별한 공로를 세운 것이 분명해. 그래서 지체 높은 분들이 오늘날 도처에서 인색함을 보이는 풍조에 전혀 맞지 않게 이토록 많은 선물을 채워주었겠지.' 이 모든 것에도 불구하고 그는 추락으로 인해 몸이 불편했던지 단 한 마디의 말도 꺼내기 힘들어했습니다. 얼마 후 그는 정신을 차렸고, 다음과 같은 애기를 했습니다.

"나는 지혜와 지식을 총동원해서 이 열기구를 고안한 것은 아니지만, 곡예사의 쓸데없는 무모한 행동보다는 안전하며, 이것을 타고 여러 번 하늘 높이 날아올랐습니다. 대략 칠팔 일 전에—왜냐하면 이제 계산하는 법을 잊어버렸기 때문에—나는 양 한 마리를 여기에 싣고 영국의 콘월 갑에서 날아올랐습니다. 위에서 내려다보며 환호하는 수천 명의 사람들이 보는 앞에서 그 양으로 놀라운 재주를 보여주기 위해서였지요. 불행하게도 내가 올라간 지 10분도 채 못 되어 바람의 방향이 반대로 바뀌더군요. 그래서 나는 착륙하려고 생각했던 엑서터로 가는 대신 바깥 바다 쪽으로 밀려나갔고, 그 바다 위에 있는 동안은 내내 엄청나게 높은 곳으로 떠올랐던 것으로 짐작됩니다.

양을 이용한 재주를 보여주지 못한 것은 다행한 일이었습니다. 왜냐하면 열기구 여행을 하던 셋째 날에 배가 너무 고파서 양을 잡아먹는 것이 불가피해졌으니까요. 그때 나는 엄청나게 높이 올라가 달을 지나쳤고, 그러고도 열여섯 시간을 더 올라간 후에는 태양에 너무나 가까이 다가간 나머지 눈썹이 그을렸답니다.

나는 죽은 양의 가죽을 미리 벗긴 후에 네모 바구니에서 태양의 열기가 가장 센 곳, 다시 말해 공기주머니가 그림자를 만들지 않는 곳에 걸어두었지요. 그렇게 하니 약 45분 후에는 고기가 완전히 구워졌습니다. 지금까지 내내 이 구운 고기만 먹고 지냈습니다."

여기서 그 남자는 말을 중단했는데, 주변의 대상들을 관찰하는 데 몰두해 있는 것 같았습니다. 내가 저 앞의 건물이 콘스탄티노플에 있는 술탄의 하렘궁이라고 말해주자 그는 사뭇 당황한 표정을 지었지요. 자신이 전혀 다른 곳에 와 있다고 생각했던 모양입니다. 그는 마침내 말을 이었습니다.

"내가 하늘에 오래 떠다닌 원인은 공기주머니 안쪽의 밸브에 묶여서 불타기 쉬운 공기(수소)를 내보내는 역할을 하는 줄이 끊어졌기 때문이지요. 만약 지금쯤 공기주머니가 총에 맞아 찢어지지 않았더라면, 분명 무함마드처럼 최후의 심판의 날까지 하늘과 땅 사이를 떠돌아 다녔을 겁니다."

이 말을 마치고 그는 네모 바구니를 뒤쪽에서 조종키를 잡고 있던 뱃사공에게 선선히 선물했습니다. 구운 양고기는 바다에 던져버리더군요. 그러나 공기주머니로 말하자면, 그것은 내 탄환에 맞아 떨어지면서 완전히 산산조각 나버렸답니다.

다섯 번째 바다 모험

여러분, 아직 술 한 병 정도는 더 비울 시간 여유가 있으니 아주 진기한 사건을 하나 더 들려주겠습니다. 내가 마지막으로 유럽으로 돌아오기 몇 달 전에 일어났던 일입니다.

로마 대사와 러시아 황실 대사, 게다가 프랑스 대사를 통해 나를 소개받은 술탄은 그랜드 카이로에서 아주 중요한 일을 추진하는 데 나를 파견했습니다. 이 일은 또한 언제까지나 비밀에 부쳐지도록 했습니다.

나는 수많은 수행원들을 데리고 아주 장엄하게 육로로 출발했습니다. 도중에 아주 쓸모 있는 인물 몇 명을 하인으로 보충할 기회를 얻었지요.

콘스탄티노플에서 채 몇 킬로미터 벗어나기도 전에 작고 깡마른 사람이 아주 빠른 속도로 들판을 가로질러 달려오는 것을 보았습니다. 그런데 그 남자는 양쪽 다리에 각각 25킬로그램이나 되는 납추를 달고 있었습니다. 나는 이 모습을 보고 경탄하며 그를 불러 물어보았지요. "여보게, 대체 어디를 그리 급히 가는가? 그리고 왜 그런 무거운 것으로 달리는 데 부담을 주는가?" 그 남자는 대답했습니다. "저는 반 시간 전 빈에서부터 달리기 시작했습니다. 그곳에서 지금까지 지체 높은 영주님 댁에서 고용살이를 하다가 오늘 일을 그만두었습니다. 다시 콘스탄티노플로 돌아가서 일자리를 얻으려고 합니다. 다리에 추를 매달아 지금은 필요 없는 달리기 속도를 약간 늦추려 했던 것뿐입니다. 이전에 스승님이 '급할수록 돌아가라.'고 말씀하시곤 했기 때문이죠."—이 아사헬[11] 같은 파발꾼은 마음에 썩 들었습니다. 나는 그에게 나를 섬길 것인지 물었고, 그는 기꺼이 승낙했습니다.

그 후로 우리는 계속해서 여러 도시와 지방을 지나갔지요. 길에서 멀리 떨어지지 않은 무성한 풀둔덕에 한 남자가 마치 잠든 듯 조용히 엎드려 있었습니다. 그러나 그는 잠든 것이 아니었습니다. 가장 깊은 지하세계 생물들의 소리를 엿듣기라도 하듯 주의 깊게 귀를 땅에 대고 있었던 것입니다. "여보게, 자네는 거기서 무슨 소리를 듣고 있는가?" — "저는 심심해서 풀밭에 귀를 대고 풀들이 자라는 소리를 듣고 있는 중입니다." — "자네가 그런 재주를 가지고 있단 말인가?" — "뭐, 별거 아닙니다!" — "그러면 나를 주인으로 섬기도록 하게. 누가 알겠는가, 가끔 귀 기울여 들어보아야 할 일이 생길는지." — 그 남자는 벌떡 일어나 나를 따랐습니다.

그곳에서 멀지 않은 언덕에서 어떤 사냥꾼이 총을 공중에 대고 쏘고 있더군요. "성공을 빌어요, 사냥꾼 양반! 그

---

14 "아사헬의 발은 들노루같이 빠르더라." (사무엘하 2 : 18)

런데 대체 뭘 맞히는 거요? 빈 허공밖에 보이지 않는데 말이죠."─"아, 저는 새로 구입한 이 쿠헨로이터[15] 총을 시험해보고 있을 뿐입니다. 저기 슈트라스부르크 대성당 꼭대기에 참새 한 마리가 앉아 있어서, 그 녀석을 지금 막 맞혀 떨어뜨렸습니다." 그 고귀한 사냥과 사냥무기들에 대한 나의 열정을 아는 사람이라면, 내가 즉각 그 뛰어난 명사수의 목을 부둥켜안은 것을 이상하게 여기지 않을 것입니다. 내가 그 남자 역시 부하로 끌어들이기 위해 돈을 조금도 아끼지 않았던 것은 자명한 일이지요.

우리는 그 후에도 계속해서 여러 도시와 지방을 통과했고 어느덧 레바논의 산악 지역에 도착했습니다. 그곳의 광활한 삼나무숲 앞에 어떤 우락부락하고 땅딸막한 남자가 서서 숲 전체에 둘러져 있는 밧줄을 당기고 있었지요. "자네는 대체 무엇을 그리 당기고 있는가?" 하고 나는 그 남자에게 물었습니다.─"아, 저는 건축용 목재를 구해야 하는데, 도끼를 깜빡 잊고 집에 두고 왔습니다. 그래서 사

---

15 Kuchenreuter, 1800년 경에 레겐스부르크에서 유명했던 엽총 제조 가문.

정이 되는 대로 이렇게라도 해보는 수밖에 없습니다." 이 말을 하며 그는 내가 보는 앞에서 2제곱킬로미터가 넘는 숲 전체를 마치 갈대숲이나 되는 것처럼 단숨에 뽑아버렸습니다. 내가 어떻게 했는지는 쉽게 알아맞힐 수 있을 겁니다. 만약 그가 내 외교관 월급 전부를 요구했다 하더라도, 절대 포기하지 않았겠지요.

그 후로도 계속 나아가서 마침내 이집트 땅에 도착했을 때, 엄청나게 거센 폭풍이 일어나 나는 모든 마차와 말, 수행원들이 한꺼번에 그야말로 공중으로 빨려들어 날려가지 않을까 염려되었습니다. 우리가 가던 길 왼편에는 풍차 일곱 대가 나란히 설치되어 있었는데, 풍차 날개들은 세상에서 가장 빠른 거미가 거미줄을 치듯이 윙윙 돌았습니다. 그곳에서 약간 떨어진 오른편에는 존 폴스타프 경[16]처럼 뚱뚱한 남자가 서서 집게손가락으로 오른쪽 콧구멍을 누르고 있었지요.

그 남자는 우리가 이 폭풍 속에서 참으로 위태롭게 비

---

16 셰익스피어 작품 『헨리 4세』, 『윈저의 유쾌한 아낙네들』에 등장하는 인물.

틀거리며 걸어가는 모습을 발견하자, 즉시 몸을 반쯤 돌려 차려 자세를 취하고 근위병이 상관에게 하듯이 내 앞에서 아주 공손하게 모자를 벗었습니다. 그러자 별안간 바람 한 점 불지 않았고, 풍차 일곱 대 모두가 순식간에 조용히 멈춰 섰습니다.

나는 이 모든 게 자연적으로 일어난 일이 아니라는 것을 알고는 깜짝 놀랐습니다. 그리고 그 나쁜 짓을 한 녀석에게 소리쳤습니다. "이봐, 무슨 짓이야? 자네, 악마에게 홀렸나, 아니면 악마 그 자체인가?" "용서하십시오, 나리!" 남자는 대답했습니다. "저는 여기서 방앗간 주인님께 바람을 보내주고 있을 뿐입니다요. 그것도 풍차 일곱 대를 완전히 날려 보내지 않으려고 한쪽 콧구멍은 막았습니다." ─ '참, 별난 재주를 가진 녀석도 다 있군!' 하고 나는 마음을 진정시키며 생각했습니다. '저 녀석은 쓸모가 있겠어. 언젠가 내가 고향으로 돌아가 육지와 바다로의 여행에서 경험한 그 모든 신기한 일들을 설명해주다가 숨이 차서 헐떡일 때 말이야.' 그래서 우리는 금세 계약에 합의했습니다. 이 바람 부는 사나이는 풍차들을 버려두고 나를 따랐습니다.

마침내 카이로에 도착하여 위임받은 일들을 흡족하게 처리하고 나자 불필요한 수행원들은 모두 떠나보내는 것이 좋겠다는 생각이 들더군요. 다만 공직을 버리고 단순한 개인 자격으로 되돌아가 새로 얻은 이 쓸모 있는 인물들과 함께 하기로 했습니다. 날씨는 아주 화창했고, 경관이 빼어난 나일 강은 말할 수 없을 정도로 매력적이어서, 나는 유람선 한 척을 빌려 알렉산드리아까지 물길로 여행하고 싶다는 유혹을 느꼈습니다. 셋째 날까지는 모든 것이 순조롭게 돌아갔습니다. 여러분은 아마 나일 강이 해마다 홍수로 범람한다는 사실을 여러 번 들어보았을 것입니다.

이미 말했듯이, 셋째 날부터 나일 강은 아주 걷잡을 수 없이 불어나기 시작했고, 다음 날이 되자 사방 천지가 수 킬로미터에 걸쳐 물에 잠겼습니다. 다섯째 날 해가 진 후에 우리의 유람선은 갑자기 어떤 물체에 휘감겼습니다. 나는 그것이 덩굴과 나무 덤불이라고 여겼지요. 그런데 날이 밝아 자세히 보니 배가 온통 아몬드로 둘러싸여 있었습니다. 그것은 잘 여물었고 맛도 아주 좋았습니다. 수심을 재기 위해 측연을 내려보니 땅에서 적어도 15미터나 높이 떠 있으며, 더구나 앞으로도 뒤로도 나아갈 수 없다는 것이 확인되었습니다. 내가 하늘에 떠 있는 태양의 고도를 보고 판단한 바로 8시나 9시쯤 되었을 때, 갑자기 바람이 일어 유람선이 한쪽으로 완전히 넘어지고 말았습니다. 배는 물이 차서 서서히 가라앉았으며, 나는 여러분이 이제 곧 알게 될 오랜 기간 동안 그 유람선을 다시는 보지 못했습니다.

다행히 배에 탄 사람들은 모두 구조되었는데, 다 합쳐 성인 남자 여덟 명과 사내아이 두 명이었습니다. 말하자면 우리는 나뭇가지에 매달렸고, 그 나뭇가지는 배는 지탱할 수 없었지만, 사람들은 모두 매달릴 수 있을 정도로 튼튼했습니다. 이 상태에서 우리는 3주하고도 사흘을 보냈으며, 오직 아몬드만 먹고 살았지요. 마실 것이야 넉넉했던 것은 당연하지요. 조난을 당한 지 22일째 되던 날 물은 차오르던 때와 마찬가지로 급속하게 빠졌고, 26일째 되던 날에 우리는 다시 단단한 땅에 발을 디딜 수 있었습

니다.

가장 먼저 편히 쉴 수 있는 곳으로 찾아낸 것은 바로 우리의 유람선이었습니다. 배는 가라앉았던 곳에서 400미터나 밀려나 있었지요. 이제 우리에게 필요하고 쓸만한 모든 것을 햇볕에 말린 후에, 배에 비축된 물건들 중에서 몇 가지를 챙겨서 잃어버린 길을 찾기 위해 떠났습니다. 아주 꼼꼼히 계산해보니 우리는 곡창지대와 울타리들 너머로 240킬로미터나 떠밀려 왔더군요.

7일이 지난 후에야 우리는 원래의 모습을 되찾은 강가에 도달했으며, 어떤 바이(터키의 고위 관리)에게 우리의 모험담을 들려주었습니다. 바이는 우리가 필요한 것은 뭐든지 구할 수 있도록 친절하게 도와주었고, 자신의 유람선 한 척을 내주며 타고 가도록 배려해주었습니다. 약 6일 후에 우리는 알렉산드리아에 도착했는데, 그곳에서 콘스탄티노플로 향하는 배를 탔습니다.

나는 술탄으로부터 아주 극진한 영접을 받았으며, 그의 하렘궁을 둘러볼 수 있는 영예도 얻었습니다. 술탄은 친히 나를 그곳으로 안내했고, 황송하게도 마음에 들기만

한다면 얼마든지 선택할 수 있도록 왕비들을 포함한 많은 여자들을 내놓았습니다.

여러분, 나는 여자관계에 관해서는 절대 떠벌리지 않는 성격이기 때문에, 이제 물러가도록 하겠습니다. 모두들 편히 쉬기 바랍니다.

여섯 번째 바다 모험

남작이 이집트 여행 이야기를 끝마치고 자러 가려는 순
간, 이야기를 듣고 있던 모든 이의 느슨해진 관심이 술탄
의 하렘을 언급하는 바람에 다시 고조되었다. 이들은 하
렘 이야기를 조금이라도 듣고 싶어 안달이 났다. 남작은
한사코 그 이야기를 꺼내지 않으려 했지만, 애걸하며 매
달리는 간절한 청중의 부탁을 매정하게 거절할 수 없었기
때문에, 하인들에 관한 몇 가지 이야기를 더 들려주었는

데, 그 내용은 다음과 같았다.

이집트 여행 이후로 나는 술탄에게 가장 중요한 인물로 통했습니다. 폐하는 나 없이는 하루도 살 수 없었고, 매일 점심과 저녁을 함께 먹자고 청했습니다. 여러분, 이 터키의 황제가 이 세상 모든 지배자들 중 최고의 미식가라는 점을 고백하지 않을 수 없군요. 그러나 이것은 단지 음식과 관련된 것일 뿐이고 음료 면에서는 그렇지 못했습니다. 왜냐하면 여러분도 알게 되겠지만 무함마드는 신도들에게 포도주를 마시지 못하도록 명했기 때문입니다. 그러므로 터키의 공개적인 식사자리에서는 포도주를 한잔 죽들이켜는 것은 포기해야만 합니다.

그렇지만 공개적으로 금지된 것이 비밀리에 행해지는 경우가 드물지 않지요. 그리고 금지령에도 불구하고 많은 터키인들은 좋은 포도주 한잔의 맛이 어떤지는 독일의 최고 성직자들만큼이나 잘 알고 있지요. 터키의 황제 폐하 역시 마찬가지였습니다. 보통 터키의 관구 총감독 격인 무프티는 봉급의 일부로서 식사를 제공받기 때문에, 식사

전에는 시편에 나오는 기도를 올리고 식사 후에는 감사기도를 올려야 하는 공개적인 자리에서는 포도주에 대해서 단 한마디도 언급하지 않았습니다. 그러나 성찬을 마친 후에는 대개 폐하를 위해 별실에 고급 포도주 한 병이 차려져 있지요.

한번은 술탄이 나에게 별실로 따라오라며 은근슬쩍 신호를 했습니다. 그곳에 우리끼리 있게 되자 술탄은 찬장에서 술 한 병을 꺼내오면서 다음과 같이 말했습니다. "뮌히하우젠 남작, 나는 당신네 기독교인들도 멋진 포도주를 한잔씩 한다고 알고 있소. 여기에 토카이산 포도주가 딱 한 병 남았소이다. 그대는 평생 이토록 맛있는 포도주는 마셔보지 못했을 것이오." 이 말을 하며 폐하는 내 잔과 자기 잔에 술을 따랐고 우리는 건배를 했습니다. ─ "그래, 어떻소? 자! 아주 최상품이지요?" ─ "포도주 맛이 좋군요, 폐하." 하고 나는 대꾸했습니다. "다만 허락해주신다면 빈의 카를 6세 황제[17]에게서 훨씬 더 좋은 포도주를 마

───── 17 신성로마제국 황제(1685-1740), 마리아 테레지아의 아버지.

신 적이 있다고 아뢰어야 할 것 같군요. 포츠 슈테른이라는 포도주였는데, 폐하께서도 언제 한번 맛보시기 바랍니다." ― "뮌히하우젠 남작, 당신의 말을 존중하오! 하지만 더 좋은 토카이산 포도주는 있을 리 없소이다. 나는 예전에 어떤 헝가리 기사에게서 이 술을 딱 한 병만 받았소. 그는 이 술을 아주 애지중지했다오." ― "엉터리입니다, 폐하! 토카이산 포도주도 다 제각각입니다. 헝가리 귀족들은 결코 분수에 넘치는 선물을 하지 않지요. 만약 내기를 하신다면, 제가 한 시간 내에 즉각 빈의 황제의 지하 저장고에서 전혀 색다른 맛을 한 병 가져오도록 하겠습니다." ― "남작, 당신은 허튼소리를 하는 것 같소이다." ― "허튼소리가 아닙니다. 제가 한 시간 내에 여기 이 신맛 나는 포도주와는 격이 전혀 다른 토카이산 포도주 한 병을 직접 가져다드리겠습니다." ― "이봐요, 뮌히하우젠! 나를 놀리는 것이오? 그래서는 안 되오. 나는 당신을 평소에 매우 정직한 남자로 알고 있었는데, 이제는 허풍선이라는 생각이 드는군." ― "아이참, 폐하! 한번 해보시기만 하면 됩니다. 만약 제가 약속을 지키지 못한다면 ― 저는 허풍이라고는 전혀 모르는 사람이기에ㅡ제 목을 베어도 좋습니다. 다만 제 목숨은 하찮은 것이 아닙니다. 거기에 얼마를 거시겠습니까?"ㅡ"좋소! 당신 말을 믿기로 하지. 그러나 네 시가 될 때까지 그 토카이산 포도주를 가져오지 못한다면, 당신은 가차 없이 목숨을 잃게 될 것이오. 아무리 좋은 친구라도 나를 놀리는 것은 질색이니까. 당신이 약속을 지킨다면, 내 보물창고에서 금, 은, 진주, 귀금속을 그 어떤 천하장사라도 끌고 갈 수 있을 만큼 실컷 가져가도 좋소."ㅡ"그럴듯하군요!" 하고 나는 대답하고, 즉시 펜과 잉크를 가져오도록 부탁해서 빈의 황제의 딸 마리아 테레지아 공주에게 보내는 다음과 같은 편지를 썼습니다.

"공주님께서는 단독 상속인으로서 선친의 지하 저장고도 함께 물려받으신 것은 만인이 다 아는 사실입니다. 제가 이 편지의 지참인을 통해 이전에 선친 폐하와 함께 즐겨 마셨던 토카이산 포도주 한 병을 보내주십사 간청드려도 될는지요. 다만 최고급으로 부탁드립니다! 여기에는 내기가 걸려 있기 때문입니다. 그것에 대해서는 적절한

때에 보답을 올리겠으며 운운."

이미 3시에서 5분이나 지나 있었기 때문에 나는 이 편지를 봉함도 하지 않고 곧장 내 파발꾼에게 건넸습니다. 파발꾼은 자신의 추를 떼어내고 지체 없이 빈으로 출발해야 했습니다. 그 후에 술탄과 나는 일이 잘 되어가기를 바라며 남은 술병을 완전히 비웠지요.

3시 15분, 3시 반, 3시 45분이 되었지만, 파발꾼은 어디에도 모습을 보이지 않았습니다. 나는 고백하건대 조금씩 불안해지기 시작했습니다. 왜냐하면 술탄이 벌써 사형 집행인을 불러들이기 위해 초인종 줄에 시선을 보내고 있는 것처럼 여겨졌기 때문이지요. 아직은 신선한 공기를 쐬기 위해 바깥 정원으로 산책을 나가도 좋다는 허락을 받기는 했지만, 나를 감시하는 충실한 하인 두 명도 줄곧 내 뒤를 따라다녔습니다.

이토록 불안한 상태에서 시곗바늘은 이미 55분을 가리키고 있었기 때문에, 나는 서둘러 소리 듣는 남자와 명사수를 데려오도록 시켰습니다. 그들은 즉각 달려왔고, 소리 듣는 남자는 땅에 납작 엎드려 파발꾼이 오고 있는지 소리를 들어보았습니다. 나는 그 망할 녀석이 여기서 한참이나 떨어진 어떤 곳에서 아주 깊은 잠에 빠져 드렁드렁 코를 곯고 있다는 보고를 듣고 적지 않게 놀랐지요.

　나의 용감한 명사수는 이 말을 듣자마자 곧장 약간 높은 테라스로 달려가서 발끝을 들고 더 멀리 살펴본 후에 다급하게 외쳤습니다. "이럴 수가! 저 게으름뱅이 녀석은 벨그라드 부근의 떡갈나무 아래서 술병을 옆에 두고 누워 자고 있어요. 기다려! 내가 좀 긁어서 깨워줄 테니." ―그는 즉각 쿠헨로이터 사냥총에 탄약을 가득 잰 다음 자신의 얼굴 쪽에 갖다 붙이고는 떡갈나무 위쪽의 우듬지를 쏘아 맞혔습니다. 도토리, 잔가지, 잎들이 그 잠꾸러기 위로 우박처럼 쏟아져 내렸고, 잠에서 깨어난 파발꾼도 시간을 놓쳤을 것이라 염려되었던지 부리나케 달려왔습니다. 파발꾼은 한 손에는 술병을, 다른 손에는 마리아 테레지아 공주의 친필 서신을 들고 3시 59분 30초에 술탄의 별실 앞에 도착했습니다.

　참으로 기가 막혔지요! 나 원, 미식가 술탄께서 그 포도주 맛을 어찌나 음미하며 홀짝거리던지! ― "뮌히하우젠 남작, 이 포도주를 나 혼자 차지하더라도 탓하지 마시오. 당신은 빈에 가면 나보다 사정이 낫지 않소. 분명 더 구하는 법을 알고 있을 것이오."—이 말을 하며 술탄은 술병을 찬장에 넣고 자물쇠를 채우고는 열쇠를 바지주머니에 집어넣었습니다. 그리고 초인종을 울려 재정 책임자를 불렀습니다.—아, 내 귀에 이 소리가 얼마나 멋지게 들리던지!—"이제 내기에 건 대가를 지불해야겠소. 자!" 그는 방 안으로 들어온 재무 책임자에게 말했습니다. "나의 친구 뮌히하우젠에게 어떤 보물이든 천하장사가 짊어지고 갈 수 있을 만큼 넘겨주도록 하라." 재무 책임자는 술탄에게 코가 땅에 닿도록 몸을 숙이며 절을 했습니다, 술탄은 나에게 아주 진심으로 악수를 청했고, 그 후에 우리 두 사람을 밖으로 내보냈습니다.

이제 나는, 여러분도 짐작하겠지만, 한순간도 지체하지 않고 내려진 지시를 이행해야 했기 때문에, 나의 천하장사에게 긴 삼끈을 가지고 오도록 시킨 후에 보물창고로 갔습니다. 천하장사가 그곳에서 가져갈 짐을 꾸린 후에 남겨둔 것은 여러분도 분명 가지고 싶어 하지 않을 것입니다. 나는 얻어낸 상금을 가지고 곧장 항구로 달려가서 그곳에서 구할 수 있는 가장 큰 화물선을 빌렸습니다. 그리고 하인들을 전부 안전하게 태우고 귀찮은 일이 벌어지기 전에 배를 출발시켰습니다. 그런데 염려했던 일이 일어나고야 말았습니다.

재무 책임자는 보물창고 문을 활짝 열어놓은 채―물론 그 문을 다시 잠글 필요도 없었지요―부랴부랴 술탄에게 달려가서 내가 얼마나 악착같이 긁어갔는지 보고를 올렸습니다. 그 일은 술탄에게는 적지 않게 모욕적이었지요. 자신의 경솔함에 후회를 하기까지는 시간이 그리 오래 걸리지 않았습니다. 그래서 술탄은 즉각 해군 제독에게 전함대를 동원해서 나를 급히 뒤쫓아 가서, 우리의 내기가 그런 것이 아니었다는 점을 깨우쳐주도록 명령했습니다. 이 때문에 내가 육지로부터 3킬로미터도 채 벗어나기 전에 터키 전함들이 새까맣게 전속력으로 뒤쫓아 오는 것을 발견했습니다.

고백하건대 겨우 안정을 찾은 내 머리가 또다시 적지 않게 흔들리기 시작했습니다. 다만 이제는 바람 부는 사나이가 곁에 있었고, 그는 이렇게 말했습니다. "나리께서는 불안해하실 필요 없습니다!" 그는 이 말을 한 후 배의 갑판 뒤쪽으로 가더니 한쪽 콧구멍은 터키 함대를 향해, 다른 한쪽은 우리 배의 돛을 향해 조준하고 아주 충분한 양의 바람을 일으켰습니다. 터키 함대는 돛대, 삭구, 밧줄에 아주 심한 손상을 입어 항구까지 도로 밀려났고, 내 배는 몇 시간 만에 무사히 이탈리아로 밀려오게 되었습니다.

그렇지만 그 보물은 나에게 큰 도움이 되지 않았습니다. 왜냐하면 이탈리아에서는 바이마르의 사서 야게만[18] 씨의 명예가 회복되었음에도 불구하고 가난해서 구걸하는 사람들이 너무나 많았고, 경찰은 완전히 타락해 있었기 때문입니다. 그래서 나는 무엇보다, 어쩌면 내가 너무 착해빠진 사람이기 때문인지도 모르지만, 대부분의 보물을 거지들에게 적선하지 않을 수 없었습니다. 나머지는

---

18 Christian Joseph Jagemann(1735-1804). 바이마르 공국의 사서로 독일에 이탈리아어와 문학 연구로 공헌했다. 1786년 요한 빌헬름 폰 아르헨홀츠의 『영국과 이탈리아』(1785)라는 저서에 대한 반박문을 발표했다.

로마로 가는 여행 경비로 들어가거나, 성지 로레토[19]의 성스러운 경작지에 기부했고, 노상강도떼에게도 빼앗겼습니다.

이 사실을 알았다 하더라도 터키 양반들은 그리 흥분하지 않았을 것입니다. 왜냐하면 그들이 거둬들이는 재산은 훨씬 더 어마어마해서, 그 천분의 일만 하더라도 여기에 모인 여러분 모두가 자신뿐 아니라 후계자와 상속인들까지 과거나 앞으로의 모든 죄를 완전히 사해주는 면죄부를, 심지어 로마의 최고 성직자로부터도 살 수 있었을 것이기 때문입니다.

그러나 여러분, 이제는 정말로 자야 할 시간이 되었습니다. 다들 안녕히 주무시기 바랍니다!

---

19 이탈리아 중부 지방의 성지순례 명소.

일곱 번째 바다 모험

남작이 떠난 후 화자로 등장하는 한 동반자의 이야기를 포함하여

위의 모험담을 들려준 후 남작은 더 이상 졸음을 견디지 못해 정말로 말을 마치고 아주 유쾌한 기분으로 모임을 떠났다. 그러나 그 전에 청중들이 아직도 흥미로워하는 아버지의 모험담을 언제 적당한 기회가 오면 많은 진기한 일화들과 함께 들려주기로 약속했다.

이제 모두가 방금 얻어들은 재미난 이야기에 관해 자기

나름대로 의견을 밝히자, 모임 중 뮌히하우젠 남작이 터키 여행을 할 때 함께 따라갔던 한 동반자가 말을 꺼냈다. 콘스탄티노플에서 멀지 않은 곳에 엄청나게 큰 대포가 배치되어 있는데, 그것에 관해 토트 남작[20]이 최근에 나온 자신의 비망록에서 아주 특별히 언급하고 있다는 것이다.

그가 전해준 내용은 내 기억으로는 이런 것입니다.

"터키군은 그 도시에서 멀지 않은, 저 유명한 시모이스[21] 강변에 있는 보루 위에 엄청나게 큰 대포를 배치해놓았다. 그 대포는 순전히 구리로 만들어졌으며, 무게가 적어도 550킬로그램이나 되는 대리석 대포알을 발사했다. 나(토트 남작)는 일단 그 대포의 위력을 충분히 알아보기 위해 시험 삼아 한번 발사해봤으면 좋겠다고 말했다. 내 주위의 모든 병사들은 그것으로 성뿐 아니라 도시 전체가 잿더미가 될 것이 확실하다고 여기며 몸을 부들부들 떨었

---

20 Francois Baron de Tott(1733–93), 프랑스의 장군이자 외교관, 크림 반도의 영사. 『Mémoires sur les Turcs et les Tartares』(4권, 1784)를 집필했다. 이 책은 발행 직후에 영어로 번역되었다. 그의 여러 보고들은 신빙성이 없는 것으로 여겨졌다.
21 트로아 평원의 강, 호머의 작품에 이 이름이 등장한다.

다. 하지만 마침내 두려움은 어느 정도 진정되었고, 나는 대포를 발사해도 좋다는 허락을 받았다. 거기에는 화약이 자그마치 165킬로그램이나 들어갔고, 대포알의 무게는 앞서 말했듯이 550킬로그램이나 되었다. 점화봉을 든 포병이 오자 내 주변에 모여 있던 무리들은 모두 멀찌감치 물러섰다. 나는 염려가 되어 달려온 바사(터키의 고위 장교)를 어떠한 위험도 없을 것이라고 겨우 설득했다. 내 지시에 따라 발포를 해야 할 포병조차 두려워하고 있었다. 나는 대포 뒤편의 망루에 자리를 잡고 신호를 보냈는데, 지진이 일어난 것 같은 엄청난 충격을 느꼈다. 대포알은 600미터쯤 날아가다가 세 조각으로 터졌다. 이 조각들은 해협으로 날아갔다가 높이 튕겨 반대편 산들에 박혔고, 해협은 그토록 넓은데도 온통 거품으로 들끓었다."

여러분, 이것이 세상에서 가장 큰 대포에 관한 토트 남작의 보고입니다. 그런데 뮌히하우젠 남작과 내가 그 지역에 들렀을 때, 사람들은 토트 남작이 이 엄청나게 큰 대포를 발사한 것을 그의 탁월한 대담성을 보여주는 사례라고 알려주었습니다.

그 프랑스인 남작이 자기보다 먼저 어떤 일을 했다는
사실을 결코 참을 수 없었던 뮌히하우젠 남작은 바로 이
대포를 어깨에 걸머지고 원래대로 옆으로 눕힌 다음 곧장
바다로 뛰어들었습니다. 그것을 매고 헤엄을 쳐서 건너편
해안에 도달했지요. 그는 그곳에서 불행하게도 대포를 이
전 위치로 다시 던져 놓으려고 했습니다. 내가 불행하다
고 말한 이유는 그가 막 대포를 던지려고 반동을 주는 순
간 약간 일찍 손에서 미끄러져버렸기 때문입니다. 그 때
문에 대포는 해협 한가운데 빠져버렸고, 지금도 그곳에
있으며, 아마 최후의 심판의 날까지도 그렇게 있을 것입
니다.

여러분, 이 일 때문에 사실 남작은 술탄에게서 전적으
로 호의를 잃게 되었습니다. 남작이 앞서 자신이 총애를
잃은 원인이라고 했던 보물 이야기는 이미 오래 전에 잊
혀진 일입니다. 술탄은 거두어들일 세금이 어마어마했고,
보물창고를 금세 또 채울 수 있었기 때문이지요. 남작도
술탄이 손수 다시 초대했기 때문에 마지막으로 터키에 온
것입니다. 그리고 이 빌어먹을 대포를 잃은 것이 저 무시

무시한 터키의 술탄을 그토록 격분시키지 않았더라면 아마 아직까지도 분명 그곳에 머물렀을 겁니다. 술탄은 너무나 화가 나서 이제 돌이킬 수 없게도 남작의 목을 치라는 명령을 내렸지요. 그러나 남작을 깊이 사랑하게 된 술탄의 왕비 한 분이 즉각 이 끔찍한 살해 계획을 알려주었습니다. 뿐만 아니라 살해를 명받은 장교가 공모자들과 함께 그의 행적을 수소문하는 동안 자신의 방에 숨겨주기까지 했습니다. 다음 날 밤 우리는 막 출범하려던 베니스행 배에 올랐고, 그곳에서 무사히 빠져나왔습니다.

남작은 자신의 시도가 실패했고 더구나 목숨까지 잃을 뻔했기 때문에 이 사건을 언급하려고 들지 않습니다. 그렇다 해도 이 사건이 전적으로 그에게 수치스러운 일은 아니기 때문에, 나는 가끔씩 몰래 이 이야기를 들려주곤 한답니다.

이제 여러분 모두가 뮌히하우젠 남작을 잘 알고 있고, 그의 진실성을 조금도 의심하지 않으리라 기대합니다. 그러나 여러분이 나의 진실성에 관해서도 한 점 의혹도 품지 않도록, 물론 나는 결코 그럴 것이라고 전제하고 싶지 않지만, 나 자신에 관해서도 몇 마디 해야겠군요.

아버지, 혹은 적어도 명목상 아버지로 추정되는 사람은 스위스 베른에서 태어났습니다. 아버지는 그곳에서 거리 와 골목 그리고 다리를 관리하는 일종의 감독관이었습니 다. 이런 관리들을 그곳에서는―음!―거리 청소부라고 부르더군요.

어머니는 사보이 산악지역 태생이며, 목에 대단히 매혹 적이고 커다란 혹을 달고 다녔습니다. 이것은 그 지역 여 성들에게는 흔히 있는 것입니다. 어머니는 아주 어려서 부모 곁을 떠나 아버지가 태어난 바로 그 도시에서 자신 의 행운을 찾아 헤매고 있었지요. 어머니는 처녀시절에는 우리 남성들에게 온갖 자선행위를 해주는 것으로 생계비 를 벌었습니다. 왜냐하면 사람들은 어머니에게 약간의 호 의를 부탁하면, 특히 예의에 어긋나지 않게 얼마간의 돈 을 미리 손에 쥐어주면, 결코 거절당하는 법이 없다는 것 을 잘 알고 있었기 때문입니다.

이 사랑스런 부부는 길거리에서 우연히 만났는데, 양쪽

모두 약간 취해 있었기 때문에 마주 보고 비틀거리며 가다가 그만 부딪혀 넘어졌습니다. 이런 상황에서 한쪽은 항상 다른 쪽보다 더 바보 취급을 당하기 마련이고, 또 그 일이 너무 소란스러워졌기 때문에, 두 사람 모두 처음에는 경비초소로, 나중에는 감옥으로 끌려갔습니다. 여기서 두 사람은 언쟁을 벌여봐야 소용이 없다는 것을 금세 깨닫고 모든 것을 없었던 일로 하고 사랑에 빠져 결혼을 했지요. 그러나 어머니는 다시 이전처럼 방탕한 생활로 돌아갔기 때문에 명예를 아주 소중히 여겼던 아버지는 곧바로 이혼을 했고, 어머니에게 장래의 생계를 위해 벌어들인 돈 한 바구니를 보내주었습니다.

그 후에 어머니는 인형극을 공연하며 돌아다니는 어떤 극단에 합류했지요. 세월이 지남에 따라 어머니는 이리저리 떠돌다가 로마로 가게 되었고, 그곳에서 굴 가게를 차려놓고 있습니다.

여러분 모두는 틀림없이 교황 강가넬리 혹은 클레멘스 14세[12]에 관해, 그리고 이 분이 굴을 얼마나 즐겼는지에 관해 들어보았을 것입니다.

어느 금요일, 교황이 아주 호화롭게 성 베드로 교회에서 거행될 장엄 미사를 위해 시내를 지나가다가, 어머니가 파는 굴(이 굴은 어머니가 자주 나에게 말씀하셨듯이 대단히 먹음직스럽고 신선했습니다)을 보고는 그냥 지나칠 수 없었습니다. 이때 그를 따르는 수행원들이 5천 명이 넘었다지요. 그런데도 교황은 즉각 모든 사람들을 멈춰 세우고 내일까지는 집전을 할 수 없다는 전갈을 교회에 보냈습니다. 그러고서 교황은 말에서 내려—교황들은 이런 일이 있을 때는 늘 말을 타고 다녔기 때문입니다—어머니의 가게로 들어가서 먼저 그곳에 나와 있던 굴을 모조리 먹어치웠습니다.

그 후에 어머니와 함께 니끼기 군을 부과해둔 지하실로 내려갔지요. 이 지하 방은 어머니의 부엌이자 응접실이자 침실이기도 했습니다. 이곳이 썩 마음에 들었던 모양인지 교황은 모든 호위병들을 내보냈습니다. 간단히 말해, 교

---
22 역사적 인물 Lorenzo Ganganelli(1705년생)는 클레멘스 14세 교황으로 1769년부터 1774년까지 재위했다.

황은 그날 밤 내내 그곳에서 어머니와 함께 지냈던 것입니다.

다음 날 아침 이들은 떠나기 전에 어머니에게 이미 저지른 모든 죄뿐 아니라 앞으로 욕심 때문에 저지르게 될 모든 죄에 대해서도 전부 사해주는 면죄부를 주었습니다.

여러분, 그런데 나는 그 일에 대한 어머니의 맹세를 들었습니다―그리고 누가 그런 맹세를 의심할 수 있단 말입니까?―내가 굴 사건이 벌어진 바로 그날 밤에 얻은 결실이라는 것입니다.

뮌 히 하 우 젠 남 작 의
계 속 되 는   이 야 기

　모두들 쉽게 짐작할 수 있겠지만, 남작은 기회가 있을
때마다 약속대로 교훈적이면서도 재미난 모험 이야기를
계속 들려달라는 간청을 받았다. 그런데 오랜 기간 동안
그 모든 간청이 아무런 소용이 없었다. 그는 기분이 내키
지 않으면 어떤 것도 하지 않는 아주 본받을 만한 습관을
가지고 있었다. 그리고 어떤 일이 있더라도 이 원칙에서

벗어나지 않는 더욱 본받을 만한 습관도 있었다. 그러나 마침내 오랫동안 고대하던 저녁이 찾아왔다.

그날 저녁 그는 친구들의 요청을 받고 밝은 미소로 답했다. 이것은 그에게 독창적인 생각이 떠올랐으며, 그들의 기대가 충족되리라는 확실한 전조였다.

Conticuere omnes, intentique ora tenebant.
(모두가 한눈팔지 말고 조용히 주목하시라.)

뮌히하우젠은 소파에 높이 앉아 이야기를 꺼냈다.

지난 번 지브롤터가 포위되어 있는 동안 나는 로드니 경[23] 휘하의 군량 보급선을 타고 이 성채로 향했습니다. 내 오랜 친구 엘리엇 장군[24]을 방문하기 위해서였지요. 엘리엇 장군은 이 성채를 탁월하게 방어함으로써 영원히 빛

---

23 Georges Brydges, Lord Rodney(1718~92), 영국 제독, 1761년에서 62년에 걸쳐 서인도의 프랑스 점령지 대부분을 정복했다. 미국 독립전쟁에서는 세인트 빈센트 곶에서 랑가라가 이끄는 스페인 함대를 격파했으며(1780), 서인도 도메니카 부근에서 프랑스 함대를 물리쳤다(1782).

바래지 않을 영예를 얻게 되었지요. 오랜 친구들과 재회할 때면 항상 생겨나는 기쁨의 열기가 어느 정도 가라앉았을 때, 나는 수비대의 상태와 적들의 형세를 알아보기 위해 장군과 함께 성채를 한 바퀴 둘러보았습니다. 나는 돌런드[25]에게서 고성능 반사 망원경을 하나 구입했는데, 그것을 이번에 런던에서 가지고 왔습니다. 그 망원경으로 나는 적군이 이제 막 18킬로그램짜리 대포알을 우리 쪽으로 발사하려는 중이라는 사실을 알아냈지요. 나는 이 사실을 장군에게 알렸습니다. 장군도 망원경을 통해 살펴보고 사실을 확인했습니다.

장군의 허락을 받아 나는 즉각 바로 옆의 포병대에서 24킬로그램짜리 대포알을 발사할 수 있는 대포를 가져오도록 시켰고, 목표물을 틀림없이 맞히리라는 확신이 들 때까지 정확히 조준했습니다. 자기 자랑은 아니지만, 대

---

24 George Augustus Eliott, Lord Heathfield(1717~90), 영국 장군, 지브롤터 요새 사령관. 미국 독립전쟁에서 식민지 편에 가담한 스페인군과 프랑스군이 이곳 유럽 남단에서도 영국군을 공격했는데, 여기에 맞서 성채를 수년간 성공적으로 방어했다.
25 John Dollond(1706~61), 런던의 광학기계 제조자, 방해가 되는 유색의 테를 없앤 대물렌즈를 단, 소위 수색성 망원경을 최초로 만들었다.

포에 관해서는 나보다 실력이 뛰어난 사람은 아직 보지 못했습니다.

나는 적군의 동태를 아주 꼼꼼히 살폈는데, 그들이 점화봉을 대포의 점화구에 대는 것을 발견하고 동시에 우리 대포도 마찬가지로 발사하라는 신호를 보냈습니다. 양쪽의 대포알은 중간쯤에서 서로 엄청난 힘으로 부딪혔고, 그 결과는 놀라웠습니다.

적군의 대포알은 너무나 세게 튕겨나가 그것을 발사한 병사의 머리를 박살냈을 뿐 아니라, 아프리카 연안으로 이어지는 길목에 있던 다른 열여섯 명의 머리도 날려버렸습니다. 더구나 그 대포알은 아프리카 북부 바르바리 지방까지 날아갔는데, 그곳에 도달하기 전에 항구에 한 줄로 나란히 정박해 있던 배 세 척의 중앙 돛대들도 뚫고 지나갔지요. 그러고도 육지 쪽으로 320킬로미터나 더 날아가 마지막에는 어떤 농부의 오두막 지붕을 뚫고 들어가, 입을 벌리고 드러누워 자고 있던 할멈의 얼마 남지 않은 이를 박살내고 결국 그 불쌍한 할멈의 목구멍에 박히게 되었답니다. 그 직후에 집으로 돌아온 남편이 대포알을 빼내려고 애써보았지만 도무지 불가능했습니다. 그래서 마음을 굳게 먹고 대포알을 커다란 망치로 두드려 위 속으로 밀어 넣었는데, 그것은 자연적인 통로를 따라 아래로 빠져나왔다고 합니다.

반면에 우리의 대포알은 큰 성과를 올렸습니다. 적군의 대포알을 조금 전에 설명한 식으로 막아냈을 뿐 아니라, 내가 의도한 대로 계속해서 날아가서 방금 우리를 향해 발사했던 대포를 맞혔지요. 그 대포는 포신 받침대에서 튕겨나가 너무나 세차게 어떤 배의 선창으로 떨어지는 바람에 밑바닥까지 구멍을 내버렸습니다. 배는 물이 차올랐고, 천 명의 스페인 선원들과 거기에 함께 타고 있던 상당 수의 병사들과 더불어 가라앉아버렸습니다.

이것은 지극히 뛰어난 공적임이 틀림없습니다. 그렇지만 나는 결코 이것을 전부 나의 공로로 돌려야 한다고 주장하지는 않습니다. 최초로 이것을 생각해낸 영예는 확실히 나의 재치 덕분이지만, 거기에는 어느 정도 우연이 함께 작용했기 때문입니다. 말하자면 24킬로그램짜리 대포알에 실수로 두 배나 되는 화약이 재워졌고, 오직 그 때문에 적군의 대포알이 튕겨나갈 만한 뜻하지 않은 위력이 발휘되었던 것입니다.

이 각별한 공로 덕분에 엘리엇 장군이 나에게 장교직을 맡아달라고 제안했습니다. 그러나 나는 모든 것을 거절했고, 그날 저녁 식사 때 장교들이 모인 자리에서 나에게 지극히 영예롭게 베푼 감사의 표시로 만족했습니다.

나는 영국인들이 참으로 용맹스런 민족이라는 데 반해 있었기 때문에, 그들에게 또 한 번의 공로를 세워줄 때까지 성채를 떠나지 않기로 결정했습니다. 그리고 약 3주 후에 드디어 기회가 찾아왔습니다.

나는 가톨릭 신부로 변장하고 새벽 1시에 성채를 조용히 빠져나와 적들의 방어선을 무사히 통과해서 적진 한가운데에 도달했습니다. 나는 아르투아 백작[26]이 최고 사령관과 여러 부하 장교들과 더불어 다음 날 아침 우리 성채를 함락시킬 작전 계획을 세우고 있는 막사로 들어갔습니

---

26 루이 16세의 막내 동생. 카를 10세로 프랑스의 왕이 되었다(1824년에서 1830년까지). 1782년에 지브롤터 포위 공격에 가담했다.

다. 물론 변장을 하고 있었으니 의심받을 일은 없었지요. 어느 누구도 나를 내쫓지 않았고, 나는 진행되는 모든 일을 속속들이 귀담아 들을 수 있었지요. 마침내 그들은 잠자리에 들었고, 나는 곧 진영 전체가, 보초들조차 깊은 잠에 빠져든 것을 알아차렸습니다.

나는 즉각 원래 계획했던 대로 300기가 넘는 적들의 대포를 24킬로그램용에서부터 12킬로그램용까지 차례로 포신 받침대에서 뽑아내 5킬로미터나 떨어진 바다 속으로 내던져버렸습니다. 도와주는 사람이 전혀 없었기 때문에 이번 일이 내가 지금까지 시도했던 일 중에 가장 힘든 것이었습니다.

다만 한 가지 예외가 있었으니, 전해들은 바로는 최근에 내가 없을 때 측근 한 사람이 여러분에게 들려줘도 좋겠다고 여겼다는 바로 그 일이지요. 말하자면 내가 토트 남작이 설명했던 엄청나게 큰 터키 대포를 짊어지고 바다 건너편으로 헤엄쳐 갔던 일 말입니다.

나는 이 일을 마친 즉시 모든 받침대와 손수레를 진영 한가운데로 끌고 왔는데, 바퀴가 덜거덕거리는 소리가 나지 않도록 그것들을 양쪽 겨드랑이에 하나씩 끼고 운반했지요.─그것은 산더미처럼 쌓였는데, 적어도 지브롤터 해협의 직벽 높이만큼이나 되었습니다.─다음으로 나는 파손된 24킬로그램짜리 철제 대포알 조각을 땅속 5미터 아래, 이전에 아랍인들에 의해 축조된 축대에 박혀 있던 부싯돌에 부딪쳐서 점화봉에 불을 붙였고 무더기 전체에 불을 질렀습니다.

아 참, 내가 그보다 훨씬 전에 모든 짐마차를 내던져버렸다는 사실은 깜빡 잊고 알려주지 않았군요.

나름대로 머리를 써서 불이 가장 잘 붙는 것들이 아래에 놓이도록 해두었기 때문에, 순식간에 모든 것이 활활 타올랐습니다. 나는 의심을 받지 않으려고 가장 먼저 소란을 피웠지요. 여러분도 쉽게 상상할 수 있겠지만, 적진 전체가 깜짝 놀라 허둥댔고, 보초들이 뇌물에 매수되었고, 대포들을 이렇게 끔찍하게 파괴하는 데 우리 성채에서 일고여덟 연대의 병력이 동원되었을 것이라는 전체적인 결론이 내려졌습니다.

드링크워터 씨는 이 유명한 포위를 설명한 글에서 적

군이 자기 진영에서 화재를 일으켜 엄청난 손실을 입었다고 언급하고 있지만, 그 원인은 조금도 내놓지 못하고 있습니다. 그럴 수도 없었겠지요. 나는 이 사실은 아직 어느 누구에게도, (이날 밤 나 혼자의 맹활약으로 지브롤터를 구해내긴 했지만) 엘리엇 장군에게조차 털어놓지 않았기 때문입니다.

아르투아 백작은 겁을 먹고 부하들을 모두 데리고 가장 먼저 달아나버렸습니다. 그런데 이들은 한 번도 멈추지 않고 거의 2주 동안 계속 달려서 마침내 파리에 도착했다는군요. 그의 부하들은 이 끔찍한 화재 때문에 불안에 시달려서 석 달 동안이나 기운을 차릴 음식조차 먹지 못했고, 카멜레온처럼 숨만 쉬며 살았답니다.[28]

내가 포위된 영국 수비대에게 이러한 공로를 세워준 지 약 두 달이 지났습니다. 어느 날 아침 나는 엘리엇 장군과 식사를 하고 있었는데 갑자기 포탄 한 발이 방으로 날아

---

27 John Drinkwater(1762-1844), 『지브롤터 전쟁 연대기(A History of the Siege of Gibraltar)』(1779-1783) 저자.

28 카멜레온은 대부분의 파충류와 마찬가지로 몇 주, 몇 달 동안 먹이를 먹지 않고도 살 수 있는데 이 때문에 공기만 마시고 산다고 믿었다.

들어와 (당시에 적군의 대포에 이어 박격포까지 박살낼 시간이 없었기 때문입니다) 식탁 위로 떨어졌습니다. 누구나 다 그랬겠지만, 장군은 황급히 방을 빠져나갔습니다. 그러나 나는 그 포탄이 폭발하기 전에 그것을 집어 들고 직벽 꼭대기로 올라갔습니다. 적 진영에서 멀지 않은 해변의 한 언덕에 수많은 사람들이 모여 있는 것이 보였지만, 맨눈으로는 그들이 무엇을 하고 있는지 분간할 수 없었습니다. 그래서 망원경을 이용해 살펴보았지요.

그런데 전날 저녁에 나와 함께 있다가 자정이 되어 첩보를 수집하기 위해 스페인군 진영으로 몰래 숨어들어간 우리 편 장교 두 명이―한 명은 장군이었고 또 한 명은 최고 지휘관이었습니다―적들에게 붙들려 막 처형되려는 순간이었습니다. 거리가 너무 멀어 맨손으로 그곳까지 포탄을 던질 수는 없었습니다. 다행히 주머니에 든 투석기에 생각이 미쳤습니다. 그것은 이전에 다윗이 거인 골리앗과 맞서 싸울 때 너무나 솜씨 좋게 사용했던 바로 그 투석기였지요. 나는 포탄을 투석기에 걸고 즉각 사람들이 모인 한가운데로 날렸습니다. 포탄이 떨어지자 바로 터지면서 주변 사람들은 모두 죽었습니다. 다만 다행히 높이 매달려 있던 두 명의 영국인 장교는 무사했습니다.

마침 포탄 조각 하나가 교수대 버팀목 아래쪽에 부딪혀 교수대가 넘어졌지요. 우리 아군 두 사람은 단단한 땅에 발이 닿은 것을 알아차리자 이 난데없는 소동이 왜 일어났는지 알아보려고 주변을 둘러보았습니다. 그들은 보초와 집행자, 그리고 모든 사람들이 포격을 받아 죽어가고 있다는 사실을 깨달았습니다. 꼼짝 못하게 묶인 줄을 서로 풀어주고 해변으로 달려가서 한 스페인군 보트에 올라탔습니다. 그리고 그 보트에 있던 적군을 위협해서 우리 배로 향하도록 했습니다. 얼마 후에 내가 이 일을 엘리엇 장군에게 설명하고 있는 동안 그들은 무사히 도착했고, 우리는 이 기막힌 날을 축하하는, 세상에서 가장 유쾌한 잔치를 벌였습니다.

상상 속의 투석기가 등장했을 때 여러분의 눈빛을 보니 모두들 내가 어떻게 그 귀중한 보물을 얻게 되었는지 알고 싶어 하는 눈치더군요. 좋습니다! 사정은 이렇습니다.

여러분은 내가 구약에도 나와 있듯이 다윗이 아주 은밀한 관계를 맺고 살았던 밧세바, 즉 우리아의 아내의 후손이라는 사실을 알아야 합니다.[29] 그러나 시간이 지나자— 이런 일이 흔히 그렇듯이—왕은 백작부인을 눈에 띄게 냉담하게 대했습니다. 그 부인은 남편이 죽은 지 석 달 만에 백작부인에 올랐었지요.

두 사람은 한번은 아주 중요한 문제에 관해 언쟁을 벌였는데, 그것은 말하자면 노아의 방주가 건조된 곳과 대홍수가 끝난 후 멈춘 장소가 어딘가 하는 것이었지요. 나의 시조 다윗 왕은 자신이 고대 문화에 정통한 사람이라고 주장했고, 백작부인은 한 역사 단체를 대표하는 인물이었습니다. 그런데 다윗 왕에게는 대부분의 위대한 인물들과 거의 모든 소시민들이 지니는 약점이 있었습니다. 다시 말해 자신의 주장을 반박하는 것을 용납할 수 없는 성격이었지요. 또 백작부인은 여자들이 보통 지니고 있는

<hr />

29 구약에 의하면 다윗은 우리아의 부인인 밧세바와 동침했다. 밧세바를 영원히 차지하기 위해 우리아를 전장에 내보내 죽게 만들었다. (사무엘하, 11)

결점을 가지고 있었는데, 그것은 매사에 지지 않으려는 것이었지요. 간단히 말해 이혼이 불가피했습니다.

　백작부인은 다윗 왕이 자주 그 투석기를 대단한 보물이라고 말하는 것을 들었고, 기념품 정도로 여기고 그것을 가져가는 것이 좋겠다고 판단했습니다. 그러나 백작부인이 자신의 나라를 벗어나기도 전에 투석기가 없어진 사실이 발각되었고, 왕의 근위병이 자그마치 여섯 명이나 백작부인의 뒤를 쫓았지요. 그런데 백작부인은 몸에 지닌 투석기를 너무나 잘 다루었기 때문에 뒤쫓아 오던 병사 한 명을 바로 골리앗이 치명적인 부상을 입었던 그 자리에서 명중시켰습니다.

　그 병사는 아마도 지나친 열의로 이번에 큰 공을 세우려 했던 모양으로 다른 병사들보다 한발 앞서 쫓아왔던 것입니다. 근위병들은 동료가 죽어 땅에 쓰러지는 것을 보자 신중하게 숙고한 끝에, 새로 발생한 이 상황을 먼저 당국에 알리는 것이 좋겠다고 판단했고, 백작부인은 역참에서 말을 갈아타고 매우 신망 있는 궁정 관료인 남자친구가 있는 이집트로 달아나는 것이 최선이라 여겼습니다.

참, 여러분에게 미리 백작부인이 달아나면서 다윗 왕이 황송하게도 동침해서 낳게 해준 여러 자녀들 중 가장 사랑하는 아들 한 명을 함께 데려갔다는 사실을 알려주었어야 했군요. 이 아들에게는 다산 풍습이 있는 이집트에서 몇 명의 형제자매들이 더 생겼기 때문에, 백작부인은 자신의 유언장에 별도의 항목을 넣어 그 유명한 투석기를 그 아들에게 물려주었습니다. 그리고 그 투석기는 직계 계보를 통해 마지막으로 나에게까지 전해졌습니다.

이 투석기를 물려받았던 사람들 중 약 250년 전의 선조 할아버지는 영국에서 한 모임에 참석했다가 어떤 작가를 알게 되었습니다. 그는 남의 작품을 무단으로 도용할 뿐 아니라, 그보다 더 심하게는 남의 사냥구역에서 밀렵을 하기도 했는데, 셰익스피어라는 인물이었습니다.

어쩌면 그 행위에 대한 보복인지 모르지만, 요즈음 이 작가의 작품을 영국인과 독일인들이 엄청나게 표절하고 있는 실정이지요. 그런데 그는 여러 번 이 투석기를 빌려 토마스 루시 경의 사냥구역에서 짐승들을 마구 잡았기 때문에,[30] 앞서 설명한 지브롤터에서의 내 두 친구와 같은 운명에 처했습니다. 감옥에 갇히게 된 이 가련한 남자를 내 선조 할아버지가 아주 특별히 손을 써서 석방시켜주었습니다.

당시에 영국을 통치했던 엘리자베스 여왕은 여러분도 알다시피 말년에 자기 신세에 진저리가 났습니다. 의복을 입고 벗고, 음식을 먹고 마시고, 속속들이 거론할 필요도 없는 그 밖의 많은 일들은 여왕의 생활에 견딜 수 없는 부담이 되었지요. 선조 할아버지는 대리인으로 자처하며 여왕이 이 모든 일을 마음대로, 즉 어떤 때는 대리인을 통하지 않고, 또 어떤 때는 대리인을 통해 할 수 있도록 만들어주었습니다. 여러분은 선조 할아버지가 이 믿기 힘든 탁월한 공로를 세우고 간청한 것이 무엇이라고 생각합니까?—그것은 셰익스피어의 석방이었지요.—여왕은 이제 내 선조 할아버지에게 어떤 고집도 부릴 수 없었습니다. 이 정직한 분은 그 위대한 작가를 너무나 좋아하게 되어,

---

30 셰익스피어 구전은 젊은 시절 셰익스피어가 스트래트포드 부근의 토머스 루시 경의 소유지에서 밀렵을 하다가 발각되었고, 그에 대한 벌을 받았다고 전한다. 셰익스피어는 'Lousy Lucy'에 대한 풍자시를 지어 보복했고, 그 후에 또다시 박해를 받지 않기 위해 스트래트포드를 떠났다.

그의 목숨을 연장하기 위해서는 자신의 목숨의 일부라도 기꺼이 떼어주었을 것입니다.

그런데 여러분, 나는 여왕이 음식을 전혀 먹지 않고 살아가는 방법은, 그것이 아무리 참신한 것이라 하더라도, 신하들 사이에서 거의 호응을 얻지 못했고, 특히 우리가 오늘날까지도 '소고기 먹는 사람들(Beefeater)'이라고 부르는 왕실 위병들에게는 더더욱 호응을 얻지 못했다고 분명히 말할 수 있습니다. 그러나 여왕은 그 새로운 습관에도 불구하고 7년 반을 넘기지 못하고 죽었습니다.

나는 이 투석기를 지브롤터로 여행을 떠나기 직전에 아버지로부터 물려받았습니다. 그런데 아버지는 나에게 다음과 같은 신기한 일화를 들려주었습니다. 아버지는 친구들에게도 이 일화를 자주 들려주었기 때문에 그 정직한 노인을 알고 있던 사람이라면 누구도 진실성을 의심하지 않을 것입니다. 내용을 옮기자면 이렇습니다.

"나는 여행 도중에 영국에서 아주 오래 머물렀는데, 한 번은 하리치 항에서 멀지 않은 해변으로 산책을 나갔지.

그때 갑자기 무서운 해마 한 마리가 아주 사납게 달려들었어. 나는 가진 것이라고는 투석기밖에 없어서, 조약돌 두 개를 주워 투석기에 걸고 아주 솜씨 좋게 해마의 머리를 맞혔는데, 조약돌은 양쪽 눈에 하나씩 박혔다네. 나는 그 사나운 짐승의 등에 올라타고 바다로 나아가기 시작했지. 그 괴물은 시력을 잃은 순간 난폭함도 잃었고, 말할 수 없이 온순해졌기 때문이야. 나는 투석기를 고삐 대용으로 그 짐승의 입에 물리고 아주 경쾌하게 대양을 누볐다네. 세 시간이 채 못 되어 우리는 건너편 해변에 이르렀는데, 그곳까지의 거리는 자그마치 30해리나 되었어. 네덜란드의 헬레부츨라위스[31]에서 나는 그 짐승을 금화 700냥을 받고 '석 잔'이라는 술집의 주인에게 팔았는데, 그는 그것을 아주 진기한 동물이라고 자랑하며 사람들에게 구경시켰고, 그것으로 많은 돈을 벌었다네."

해마의 생김새는 현재 뷔퐁[32]의 저서에 실려 있습니다.—아버지는 이렇게 계속했습니다.

"내 여행 방식이 아주 특이하긴 했지만, 그 여행에서 보고 들은 것은 훨씬 더 특별했다네. 내가 타고 여행한 그 짐승은 헤엄을 친 것이 아니라 바다 바닥으로 엄청 빠르게 달렸고, 무지하게 많은 물고기를 앞세워 몰고 다녔어. 그런데 보통의 물고기와는 전혀 다른 것들도 많았지. 어떤 것은 머리가 몸통 가운데에 달렸고, 또 어떤 것은 꼬리 끝에 달려 있었으니까. 일부는 커다랗게 원을 그리며 모여 있었는데, 아주 멋진 울음소리를 냈다네. 또 어떤 것들은 물만으로 아주 화려한 투명 건물들을 지었지. 건물은 거대한 기둥들로 둘러져 있고, 그 속에는 가장 순수한 광채라고 여길 수밖에 없는 물질이 아주 화려한 빛을 내며 매혹적으로 물결처럼 이리저리 흔들리고 있었지. 이 건물의 여러 방들은 매우 독창적이고 편리하게 물고기들이 교미를 하도록 꾸며져 있었다네. 또 다른 방에는 말랑말랑한 알들이 뭉치를 이루고 있었는데, 어미들이 잘 보살피며 키우고 있었어. 그리고 죽 늘어선 커다란 방들은 어린 새끼들을 키우기 위한 곳이라네.

여기서 확인된 방법은 겉으로 보기에는—이 방법의 내면 원리는 당연히 새들의 노랫소리나 메뚜기들의 대화만큼이나 이해할 수 없었기 때문에—내 노년에 소위 박애주의[33] 교육기관들이 도입한 방법과 너무나 흡사했지. 그래서 나는 그 기관들의 창시자들 중 한 사람은 내가 했던 것과 유사한 여행을 했고, 그의 아이디어는 하늘에서보다는 물속에서 얻어온 것이라는 점을 진정으로 확신하게 되었다네. 그런데 그대들은 내가 들려준 몇 가지 내용들 중 어떤 것들은 아직 익숙지 않고, 또 어떤 것들은 심사숙고해볼 필요가 있다는 사실을 알아차릴 거야.—아무튼 내 이야기를 계속해보겠네.

나는 특히 알프스 산맥만큼이나 높고 거대한 바다 산봉우리들을 넘게 되었어. 바위벽에는 다양한 종류의 기다란 나무들이 수없이 자라고 있었지. 이 나무들에는 바닷가재, 게, 굴, 가리비, 홍합, 바다달팽이 등이 자라고 있었다

---

33 경건주의에 맞서 계몽주의와 소박함의 정신을 통해 교육하는 집단. Johannes Bernhard Basedow에 의해 1774년에 최초로 데사우에서 '인간애 작업장' 이라는 이름으로 설립된 박애주의 교육기관의 이름에서 유래했다.

네. 그것들은 단 하나만으로도 때로는 짐마차 한 대에 실어야 할 만큼 무거웠고, 가장 작은 것도 짐꾼이 끌고 가야 할 정도였지.─그런 것들 중 물가로 밀려와서 우리네 시장에서 팔리는 모든 것은 마치 작고 몹쓸 과일들이 바람에 떨어지듯이 물살에 쓸려 가지에서 떨어져 나온 하찮은 것들이지.

바닷가재나무가 가장 풍성하게 열린 것처럼 보였어. 그러나 크기로는 게나무와 굴나무들이 최고였지. 작은 바다달팽이들은 항상 굴나무 밑에서 생겨나서 마치 담쟁이넝쿨이 참나무를 감고 올라가듯이, 덩굴을 뻗으며 자라고 일종의 덤불 위에 산다네.

나는 또 침몰된 배 한 척이 아주 특이한 효과를 내는 것도 관찰했어. 이 배는 수면에서 겨우 6미터 아래로 솟아 있던 암초 끝에 부딪혀 가라앉으면서 뒤집혔지. 그 때문에 배는 커다란 바닷가재나무 위에 떨어져 바닷가재들과 부딪혔고, 그것들은 그 아래서 자라던 게나무 위로 떨어졌다네. 이 일은 봄에 일어난 것으로 보였고, 바닷가재들은 아주 어렸기 때문에 게들과 교배해서 새로운 열매를 만들어냈는데, 그것은 두 종류의 특성을 모두 가졌지. 나는 그 형태가 하도 희한해서 한 조각 따서 가져오려 했는데, 한편으로는 나에게 매우 힘든 일이기도 했지만, 또 한편으로는 내 페가수스[34]가 멈춰 있으려 하지도 않았다네. 또한 나는 이미 여정의 절반이나 지나와서 그때는 막 해수면에서 1,000미터나 되는 깊은 골짜기에 있었지. 그런 곳에 있으려니 공기가 부족해서 몸이 점점 불편해지는 것을 느꼈어.

그런데 내 처지는 또 다른 관점에서도 썩 편하지는 않았다네. 때때로 거대한 물고기들과도 마주쳤는데, 그 녀석들의 쩍 벌린 아가리를 볼 때, 우리 둘을 삼킬 의도가 결코 없지 않았어. 그런데 내 불쌍한 로시난테[35]는 눈이 멀어 이것을 보지 못했고 오직 내 조심스러운 안내에만 의지했기 때문에, 나는 이 배고픈 녀석들이 나를 대하는 다정한 의도에서 벗어나게 되었어. 다시 말해 나는 아주

---

34 그리스 신화에 등장하는 날개 달린 수말. 페르세우스에 의해 죽은 메두사의 몸에서 생겨났다. 이 말은 헬리콘 산 꼭대기에서 뮤즈 여신들 중의 한 명에게 샘을 파주었다고 하며, 그래서 예술가와 문학가들이 애호하는 말이 되었다.
35 세르반테스의 『돈키호테』에서 돈키호테가 타고 다니는 애마.

전속력으로 해마를 몰았고, 최대한 빨리 마른 땅에 도달하려고 노력했던 거야.

내가 네덜란드 해안에 아주 가까이 도달해서 물의 깊이가 40미터도 채 되지 않았을 때, 여자인 듯한 어떤 형체가 앞쪽의 모래 바닥에 누워 있는 것을 보았어. 나는 그 여자가 살아 있다는 몇 가지 징후를 발견했다고 믿었고, 더 가까이 다가가보니 정말로 그 여자의 손이 움직였어. 나는 그 손을 잡아 끌어 송장처럼 축 늘어진 여자를 물가로 데려갔지. 당시에는 죽은 사람을 소생시키는 기술이 그다지 발달하지 않았기 때문에, 그 시절만 하더라도 마을 선술집마다 익사한 사람을 어둠의 나라에서 다시 불러오는 지침서가 비치되어 있었다네. 그래서 그곳 약사 한 명의 신중하고 끈질긴 노력으로 이 여자에게 아직 남아 있던 희미한 생명의 불길을 되살릴 수 있었지.

이 여자의 남편은 헬레부슬라위스 항에 소속된 배를 운항하는 선장이었는데, 얼마 전에 그 항구에서 출범했다네. 불행하게도 그는 서두르는 바람에 자기 마누라가 아닌 엉뚱한 여자를 태우고 갔어. 이 사실은 즉각 가정의 평화를 알뜰하게 지켜주는 수호여신들 중 한 명에 의해 부인의 귀에 들어가게 되었고, 그녀는 동침의 권리는 바다에서도 육지에서와 마찬가지로 통한다고 굳게 확신했기에, 불타는 질투심에 사로잡혀 작은 보트 한 척에 의지한 채 그를 뒤쫓아 갔지. 그리고 남편이 탄 뱃전에 도달하자마자 입에 담기 힘든 험담을 몇 마디 퍼부은 후에, 자신의 권리를 아주 본때 있게 보여주려고 했어. 그녀의 사랑하는 남편은 기세에 눌려 몇 발짝 물러나는 것이 좋겠다고 판단했던 모양이야. 이것의 비극적인 결과로 그녀는 억센 오른손으로 남편의 뺨에 남기려 했던 자국을 바닷물 위에 남기게 되었고, 바닷물은 남편보다 더 부드러웠기 때문에 바닥에 가라앉아서야 손에 뭐가 와 닿는 것을 느꼈지.

이제 이런 상황에서 내가 불행하게도 그녀를 발견했기 때문에, 지구상에 행복한 부부 한 쌍을 더 만들어주는 결과가 되었다네.

나는 남편이 집으로 돌아왔을 때, 다정한 부인이 그를 학수고대하고 있는 것을 발견하고 나중에 나에게 어떤 축복의 말을 보냈을지 쉽게 짐작할 수 있었다네. 내가 그 불쌍한 녀석에게 했던 몹쓸 짓이 아무리 심했다 할지라도, 난 전혀 거리낌이 없었지. 순전히 확고한 인간애 때문에 그렇게 행동했을 뿐이야. 비록 그 결과가 분명 남편에게는 끔찍했을 것이라는 점을 부인할 수는 없지만 말이지."

　여러분, 저 유명한 투석기와 관련해서 아버지의 이야기는 이 정도입니다. 그 투석기는 우리 가문에서 그토록 오랫동안 보관되어왔고, 가문에 큰 공적을 많이 안겨준 후로는 아쉽게도 해마의 입에서 최후의 일격을 받았던 것으로 보입니다. 어쨌든 나는 그것을 한 번밖에 사용하지 않았고, 그러니까 여러분에게 설명했던 대로 폭발되지 않은 스페인군의 포탄을 다시 날려 보냈으며, 그렇게 해서 우리 아군 두 명을 교수대에서 구해냈습니다. 그 전에도 이미 약간 낡아 있던 투석기는 이번에 값지게 사용하면서 완전히 망가져버렸습니다. 투석기의 대부분은 포탄과 함께 날려가버렸고, 내 손에 남아 있던 조그만 조각은 이제 우리 가문의 보관실에 있는데, 여러 가지 중요한 유물들과 함께 영원히 기념하기 위한 것이지요.

그 직후에 나는 다시 지브롤터를 떠나 영국으로 돌아왔습니다. 그런데 영국에서 내 평생 가장 어처구니없는 일이 한 가지 일어났습니다.

나는 함부르크에 있는 몇몇 친구들에게 보낼 여러 가지 물건들을 선적하는 것을 확인하기 위해 런던의 와핑 지역으로 내려가야만 했습니다. 그 일을 마치고 돌아갈 때는 타워 와프를 거쳤습니다. 때는 정오였고, 몸은 아주 피곤한데다, 햇살이 너무나 따가워서 나는 줄지어 늘어선 대포들 중 하나에 들어가서 좀 쉬게 되었습니다. 그 속에 기어 들어가자마자 곧장 깊은 잠에 빠져버렸지요.

그날은 하필 국왕의 생일인 7월 4일이었고, 1시 정각에 모든 대포들이 이 날을 기념하기 위해 축포를 발사했습니다. 내가 대포 속에 들어 있을 것이라고는 아무도 짐작할 수 없었기 때문에, 아침에 이미 화약을 재워놓았던 대포는 발사되었고, 나는 강 건너편에 들어선 건물들을 넘어 버몬시와 뎁포드 사이에 있는 한 소작인의 농장으로 날려갔습니다. 여기서 나는 커다란 건초 더미 위에 떨어졌는

데,—쉽게 말해 완전히 잠든 상태라서—깨지도 않고 그
대로 누워 있었지요.

그로부터 석 달쯤 지난 후에 건초값이 엄청나게 치솟자
소작인은 자신이 비축한 것을 내다 팔아서 큰돈을 벌기로
작정했습니다. 내가 누워 있던 더미가 농장에서 가장 큰
것이었는데, 적어도 마차 500대 분은 되었습니다. 그래서
사람들은 그것부터 마차에 싣기 시작했지요. 사다리를 갖
다 대고 위로 올라오려는 사람들의 시끄러운 소리에 나는
잠에서 깨어났습니다. 아직 잠이 덜 깬 상태인데다 어디
인지 전혀 몰랐기 때문에, 나는 달아나려다가 그만 건초
주인 위로 굴러 떨어지고 말았습니다.

나 자신도 이번 추락으로 적지 않은 상처를 입었지만,
그 소작인의 부상은 훨씬 더 심했습니다. 내 밑에 깔려 죽
은 것이지요. 고의는 아니었지만 그의 목을 부러뜨린 것
이었습니다. 나중에 나는 그 사람이 지독한 유대인이며,
항상 자기 경작지의 농작물을 극심한 식량난이 일어날 때
까지 묵혀두었다가 엄청난 이윤을 남기고 팔아지웠다는
말을 듣고 상당히 안심했습니다. 따라서 그가 졸지에 죽

게 된 것은 천벌을 받은 것이며, 주변 사람들에게는 참으로 잘된 일이었던 것입니다.

그런데 완전히 제정신으로 돌아와 오래 따져본 끝에 지금의 일이 내가 석 달 전에 잠들었던 것 때문에 일어났다는 것을 알고는 얼마나 놀랐던지, 그리고 런던의 내 친구들이 아무리 해도 행방을 알 수 없다가 돌연 다시 나타난 나를 보고 얼마나 놀라워했던지―이것은 여러분도 쉽게 짐작할 수 있겠지요.

여러분, 이제 우리끼리 한잔 하도록 허락해준다면, 바다 모험에 관해 몇 가지 더 들려주도록 하겠습니다.

여 덟 번 째 바 다 모 험

　여러분은 틀림없이 핍스 선장[36]의—지금은 멀그레이브
경이죠—마지막 북극 탐사여행에 관해 들어보았을 것입
니다. 나도 그 선장과 함께 여행을 했습니다.—고위 승무
원이 아니라 친구로서 말이죠.

36　Constantin John Phipps, Baron Mulgrave(1744—92), 영국의 선장. 인도로
가는 항로를 찾던 중 1773년 슈피츠베르크 제도 북쪽에서 북위 80도 48분까지 올라갔
다. 1773년에 『A Journal of the Voyage』를, 1774년에는 『A Voyage towards
the North Pole』을 펴냈다.

우리는 북반구의 아주 높은 위도까지 올라와 있었기 때문에, 나는 지브롤터 여행 이야기에서 여러분에게 이미 알려준 그 망원경을 꺼내 주변의 경관을 살펴보았습니다—대수롭지 않은 얘기지만 나는 때때로 주변을 둘러보는 것이 유익하다고 생각하고 있기 때문이지요. 여행을 할 때는 특히 그렇습니다.

800미터쯤 떨어진 곳에 우리 배의 돛대보다 훨씬 높은 빙산이 하나 떠다녔는데, 그 빙산에서 북극곰 두 마리가 심하게 싸우고 있는 것이 보였습니다. 나는 곧바로 사냥총을 둘러메고 빙산으로 접근했지만, 빙산 꼭대기에 오르자 말할 수 없이 힘들고 위험스러운 길이 나타났습니다. 무섭게 입을 벌리고 있는 절벽도 자주 건너뛰어야 했지요. 또 어떤 곳에서는 바닥이 거울처럼 미끄러워 계속해서 넘어지고 일어서기를 반복하며 나아갔습니다.

마침내 나는 그 곰들을 총으로 맞힐 수 있는 거리까지 다가갔습니다. 바로 그때 곰들이 싸우는 것이 아니라 장난을 치고 있을 뿐이라는 사실도 깨달았지요. 나는 벌써부터 그 곰들의 가죽값이 얼마나 나갈지 어림잡아 계산해

보고 있었습니다—그 곰 두 마리는 모두 잘 키운 황소만큼 컸기 때문이지요.

그런데 나는 총알을 재려다가 그만 오른발이 미끄러져 뒤로 벌렁 자빠지고 말았습니다. 얼마나 세게 넘어졌는지 반 시간 동안이나 정신을 완전히 잃었답니다. 여러분, 눈을 떴을 때 방금 말한 그 거대한 곰들 중 한 마리가 내 얼굴 위에서 빙빙 돌더니 새로 산 가죽 바지의 허리춤을 덥석 잡는데, 얼마나 놀랐을지 한번 상상해보기 바랍니다. 내 몸의 상체는 그 녀석의 배에 파묻혀 있고, 다리는 앞으로 쭉 뻗고 있었지요. 이 난폭한 짐승이 나를 어디로 끌고 가는지는 알 수 없었습니다. 나는 호주머니용 칼을 꺼내—여기 있는 바로 이것입니다—곰의 왼쪽 뒷발을 찔렀고 발가락 세 개가 잘려나가더군요. 그러자 곰은 나를 내던지고 끔찍하게 울부짖었습니다. 그 틈을 놓치지 않고 사냥총을 집어 들고 곰이 달아나는 순간 발사했는데, 곰은 그 자리에서 픽 쓰러졌습니다.

이 총격으로 무시무시한 짐승 한 마리는 영원히 잠재워버렸지만, 반경 1킬로미터 주변의 얼음 위에 드러누워 있던 수천 마리의 곰들을 깨우게 되었지요. 모든 곰들이 삽시간에 우르르 몰려왔습니다. 시간이 없었지요. 나는 끝장을 보거나, 아니면 재빨리 묘안을 떠올려 위기에서 벗어나는 수밖에 없었습니다.

순간 묘안이 떠올랐습니다.—능숙한 사냥꾼이 토끼 가죽을 벗기는 데 드는 시간의 절반쯤 되는 시간에 나는 죽은 곰의 가죽을 벗겨 내 몸을 허겁지겁 감싸고 곰의 머릿가죽 속으로 머리를 쑥 집어넣었습니다. 이 일을 마치자마자 곰들이 온통 내 주변으로 몰려들었습니다. 나는 가죽을 둘러쓰고 있으려니 덥기도 하고 떨리기도 했습니다.

그렇지만 내 묘안은 멋지게 통했지요. 곰들은 차례로 나에게 나아와서 냄새를 맡아보고 겉으로는 같은 곰돌이로 여겼습니다. 내가 그 곰들과 똑같이 보이기에 부족한 점은 키가 작다는 것밖에 없었으니까요. 그리고 여러 새끼들은 나보다 더 크지도 않았습니다. 곰들 모두가 죽은 동족의 털가죽 냄새를 맡으면서 나와 매우 친밀해지는 것 같았습니다. 나 역시 곰들의 모든 행동을 거의 따라할 수 있었지요. 다만 으르렁거리고 울부짖고 드잡이하는 것은 따라하기 힘들었습니다. 내가 아무리 곰처럼 보인다 하더라도 인간은 인간이었지요.─나는 나와 이 짐승들 사이에서 생겨난 친밀감을 어떻게 하면 최대한 유리하게 활용할 수 있을까 궁리하기 시작했습니다.

나는 이전에 어떤 늙은 군의관에게서 척추에 상처를 내면 순식간에 죽음에 이르게 할 수 있다는 말을 들은 적이 있습니다. 그래서 한번 시험해보기로 했습니다. 나는 칼을 다시 꺼내 들고 가장 큰 곰의 어깨 부근 목덜미를 찔렀습니다. 하지만 이 시도는 대단한 모험이었고, 적지 않게 불안한 마음이 들었지요. 왜냐하면 '이 짐승이 칼에 찔리고도 죽지 않는다면, 내 몸이 갈기갈기 찢길 것이다.'라는 사실만은 확실했기 때문입니다.

그러나 이 시도는 운 좋게도 성공했습니다. 곰은 신음조차 내지 못하고 내 발 앞에 쓰러졌습니다. 그래서 나머지 곰들도 모두 똑같은 방법으로 죽이기로 작정했고, 또한 전혀 힘든 일도 아니었습니다. 곰들은 동족들이 오른쪽 왼쪽으로 쓰러지는 것을 보고서도 아무런 의심도 하지 않았기 때문입니다. 곰들은 쓰러진 원인도, 그 결과도 따져보지 않았지요. 그리고 그것은 곰들에게나 나에게나 모두 다행이었습니다.

발치에 곰들이 모두 죽어 널브러져 있는 모습을 보자 나는 마치 수천 명의 블레셋 사람들을 죽인 삼손처럼 비장한 느낌이 들었습니다.

일을 빨리 끝내기 위해 나는 배로 돌아가서 병사들 중 4분의 3을 내어달라고 부탁했습니다. 나를 도와 가죽을 벗기고 뒷다리를 배에 싣기 위해서였죠. 우리는 몇 시간 만에 그 일을 해치웠고, 배는 가죽과 뒷다리로 가득 찼습니다. 나머지는 모두 바다 속으로 던져 넣었지요. 그것도 적절히 간을 하기만 하면 뒷다리 고기만큼 맛있을 것이 틀림없었지만 말이죠.

우리 배가 영국으로 돌아온 즉시 나는 뒷다리 몇 개를 선장의 이름으로 함대 사령부의 관리들에게 보냈고, 또 일부는 재무부 관리들에게, 런던 시장과 시참사관, 그리고 상점 협회에 조금씩, 나머지는 특별한 친구들에게 보냈습니다. 모든 부처의 사람들이 진심 어린 감사를 표시했습니다. 시청 측은 내 선물에 대해 아주 감명 깊게 보답했는데, 말하자면 매년 시장 선거일에 시의회에서 벌이는 식사에 초대해주기로 했답니다.

곰 가죽은 러시아 여제에게 그 자신과 신하들을 위한 겨울용 모피로 사용하도록 보냈습니다. 여제는 몸소 감사의 편지를 쓰고 특사를 통해 나에게 전해주었습니다. 여제는 편지에서 자신의 침대와 왕관의 영예를 함께 누리자고 제안했습니다. 다만 나는 왕의 지위가 그리 탐나지 않았기 때문에 폐하의 은총을 지극히 공손한 표현으로 거절했습니다. 나에게 여황제의 서신을 전해준 특사는 폐하께 내 답신을 직접 전했습니다. 그 직후에 받은 두 번째 편지로 나는 여제의 강렬한 애정과 고결한 심성을 확신할 수 있었습니다.—여제의 최근의 병은—그토록 다정다감한 폐하께서!—황송하게도 돌고루키 공[37]과 환담하면서 밝혔듯이—오직 나의 냉정함 때문에 생긴 것입니다. 여자들이 나를 어떻게 여기는지 모르지만, 그 여제가 왕좌에

---

37 역사적 인물 돌고루키는 러시아의 가장 오래된 영주 가문에 속한다. Wassilij Michailowitsch Dolgorukij는 예카테리나 2세 여제 치하에서 러시아-터키 전쟁 중 1771년에 크림반도를 점령했다.

앉아 나에게 구혼한 유일한 분은 아닙니다.

부하들 몇 사람은 핍스 선장이 탐사여행에서 분명 더 멀리 나아갈 수도 있었는데 그렇게 하지 않았다는 헛소문을 퍼뜨렸습니다. 이 문제에 있어서만은 나는 책임감 때문에 그를 옹호하지 않을 수 없군요. 우리 배는 상당히 멀리까지 나아갔는데 마침 내가 배에 그토록 많은 곰 가죽과 뒷다리를 실었기 때문에, 계속해서 운행하려고 시도하는 것은 미친 짓이 되었을 것입니다. 왜냐하면 우리는 약간의 바람을 이겨내며 항해하는 것마저도 거의 불가능한 지경이었기 때문입니다. 더 북쪽 지역에 떠 있는 수많은 빙산들을 헤치고 나아가는 것은 말할 필요도 없겠지요.

선상은 그 후로 끼니이 이주 과장해서 '곰 가죽 날'이라고 부르고 있는 그날의 영광을 조금도 차지하지 못한 것을 얼마나 불만스럽게 여기는지 자주 얘기했습니다. 그래서 그는 이 승리의 영예 때문에 나를 적지 않게 시기하고 있으며, 온갖 방식으로 그 영예를 깎아내리려고 합니다. 우리는 이 일에 관해 자주 언쟁을 벌였으며, 요즈음도 상당히 껄끄러운 관계에 있습니다. 특히 그는 내가 곰 가죽을 덮어썼기 때문에 곰들을 속여 넘긴 것을 공로로 여겨서는 안 된다고까지 주장한답니다. 자신은 그렇게 변장하지 않고 곰들 사이에서 섞여 있더라도, 곰들이 눈치채지 못했을 것이라고 말이죠.

그런데 이것은 너무나 자극적이고 민감한 사안이라고 생각되기 때문에, 예의범절을 중시하는 남자라면 누군가와, 특히 고귀한 신분의 귀족과는 결코 언쟁을 벌여서는 안 되는 것이 분명합니다.

아홉 번째 바다 모험

나는 영국에서 또 한 번의 여행을 시작했습니다. 해밀
턴 선장과 함께 동인도로 갔지요. 나는 포인터 한 마리를
데리고 있었는데, 이 개는 조금도 과장하지 않고 천금으
로도 살 수 없다고 감히 주장할 수 있습니다. 왜냐하면 이
개는 나를 실망시킨 적이 한 번도 없기 때문입니다. 어느
날 매우 신중하게 판단한 결과 육지에서 적어도 480킬로
미터나 벗어나 있었을 때, 내 개가 짐승 냄새를 맡고 짖어

댔습니다. 나는 이상하다는 생각이 들어 개를 거의 한 시간 동안이나 지켜본 후에 선장과 모든 고위 승무원들에게 사정을 얘기했습니다. 그리고 개가 짐승 냄새를 맡은 걸 보니 우리가 육지에 가까워진 것이 틀림없다고 주장했지요. 이 말에 모든 사람들이 비웃었지만, 개에 대한 믿음은 조금도 흔들림이 없었습니다.

여기에 찬성하고 반대하는 많은 언쟁이 오갔지만, 나는 마침내 선장에게 내 개 트레이의 코를 배에 탄 모든 선원들의 눈보다 더 신뢰한다고 아주 자신 있게 선언했습니다. 그리고 대담하게도 선장에게 금화 100냥을 거는 내기를 제안했습니다. 이것은 내가 이번 여행의 경비로 지불하기로 약정했던 액수입니다―내기는 앞으로 30분 내에 들짐승을 찾아낸다는 조건이었습니다.

선장은 심성이 착한 사람인지라 다시 웃기 시작했고, 우리 배의 외과 의사인 크로포드 씨에게 내 맥박을 재보도록 시켰습니다. 그는 내가 아주 정상이라고 보고했지요. 그 후에 두 사람 사이에 귓속말이 오갔지만, 나는 대부분 명확히 알아들을 수 있었습니다.

"남작은 제정신이 아니야." 하고 선장이 말했습니다. "나는 절대 내기를 받아들일 수 없어."

"제 생각은 정반대입니다." 하고 의사가 대꾸했습니다. "그는 조금도 이상이 없습니다. 다만 자기 개의 후각을 배에 탄 모든 승무원들의 판단력보다 더 신뢰할 뿐이지요.—그는 어떤 경우에도 내기에 이기지 못합니다. 그러나 자업자득이지요."

"이번 내기는 내 입장에서 그리 공정한 일은 아니야." 선장이 말을 이었습니다. "하지만, 내가 그 돈을 나중에 다시 돌려준다면 더욱 명예로운 일이 되겠지."

이렇게 의논이 오가는 동안 트레이는 계속 한 곳을 주시하고 있었는데, 그것은 내 판단이 옳았다는 것을 더욱 확신시켜주었습니다. 나는 또다시 내기를 하자고 제안했습니다. 이번에는 받아들여졌지요.

양측에서 좋다는 말이 떨어지기가 무섭게 배 뒷부분에 묶여 있던 긴 보트에서 낚시를 하던 선원 몇 명이 엄청나게 큰 상어를 한 마리 낚아 배 위로 끌어올렸습니다. 그들은 상어의 배를 가르기 시작했는데, 자! 그때 상어의 뱃속에서 살아 있는 메추라기가 무려 여섯 쌍이나 나왔지 뭡니까.

이 불쌍한 메추라기들은 너무나 오랫동안 그 상태로 지냈기 때문에, 암컷 한 마리는 알 다섯 개를 품고 있었고, 상어의 배가 갈라지는 순간 새끼 한 마리가 막 부화했습니다.

이 새끼 메추라기를 우리는 그 몇 분 전에 태어난 새끼 고양이들과 함께 키웠습니다. 어미 고양이는 메추라기 새끼를 마치 제 새끼인 양 좋아했고, 메추라기가 약간 멀리 날아가서 금세 돌아오지 않을 때면 늘 안절부절 못했지요.─나머지 메추라기들 중에는 암컷이 네 마리가 있었고, 그것들 중 한두 마리가 항상 알을 품었기 때문에, 우리는 항해를 하는 동안 내내 선장의 식탁에 들짐승 고기를 넘치도록 올려놓았지요.─나는 찬밥 신세가 된 트레이에게 덕분에 금화 100냥을 딴 것을 고맙게 여기며 날마다 메추라기 뼈를 얻어주었고, 때로는 한 마리를 통째로 던져주기도 했습니다.

열 번째 바다 모험

두 번째 달 여행

여러분, 이전에 내가 은도끼를 찾기 위해 잠깐 달 여행을 했던 일을 들려준 적이 있지요? 나는 그 후에 다시 한 번 훨씬 더 편하게 그곳으로 갔습니다. 그리고 그곳에 아주 오래 머물렀기 때문에, 여러 가지 사실에 관해 충분히 알게 되었지요. 이 이야기를 기억나는 대로 정확하게 여러분에게 들려주겠습니다.

먼 친척 중 한 사람은 걸리버가 거인국 브롭딩낵 왕국에서 발견했다는 부족만큼 키가 큰 부족이 반드시 있을 것이라는 망상에 사로잡혀 있었습니다. 그는 이 부족을 찾기 위해 탐사여행을 떠났는데, 나에게 함께 가자고 제안했습니다.

　그런데 내 입장에서 보자면 그 이야기는 결코 멋진 동화 이상은 아니었고, 브롭딩낵은 남미 북부의 전설적인 황금의 나라 엘도라도와 마찬가지로 존재하지 않는다고 믿었습니다. 그러나 그 사람은 나를 상속인으로 지정했고, 그에 따라 나는 그에게 호의를 베풀어야 할 책임이 생겼습니다. 그리하여 이렇다 할 특별한 일도 겪지 않고 무사히 남태평양으로 갔습니다. 다만 공중에서 미뉴에트 춤을 추거나 공중제비를 도는 남녀들을 만났고, 그 외의 사소한 일들이 있었지요.

　타히티 섬을 지난 지 18일째 되는 날 강한 허리케인이 우리 배를 수면에서 최소한 1,600킬로미터나 위로 날려 보냈고, 배는 아주 오랫동안 그 높이에 떠 있었습니다. 마침내 선선한 바람이 돛을 한껏 부풀렸고, 배는 믿을 수 없이 빠르게 나아가기 시작했습니다. 우리는 6주 동안 구름 위를 떠다니다가 마침내 드넓은 땅을 발견했습니다. 그 땅은 둥글고 반짝이는, 찬란한 섬 같았지요. 배를 대기에 적당한 항으로 들어가 해변에 내렸을 때, 그곳에 사람이 살고 있다는 사실을 알아냈습니다. 발아래에는 또 다른 세상이 펼쳐져 있었는데 도시, 나무, 산, 강, 바다 등이 보였습니다. 그것은 추측했던 대로 바로 우리가 떠나온 지구였습니다.

달에서―우리가 도착한 곳은 희미하게 빛나는 섬이었기 때문에 쉽게 알 수 있었죠―우리는 키 큰 인물들을 만났는데, 그들은 모두 머리가 세 개나 달린 독수리를 타고 나셨습니다. 어리분께 이 새가 얼마나 큰지 납득시키려면 양쪽 날개의 길이가 우리 배의 가장 긴 돛대 밧줄의 여섯 배나 된다는 말을 하지 않을 수 없군요. 그러니까 우리가 지구에서 말을 타고 다니듯이, 달 주민들은 이 새를 타고 이리저리 날아다니는 것입니다.

그곳의 왕은 현재 태양과 전쟁을 치르고 있는 중이었습니다. 왕은 나에게 장교직을 맡아달라고 제안했지만, 나는 그 영예를 사양했습니다.

이 세계에서는 모든 것이 엄청나게 컸습니다. 예를 들어 보통의 파리 한 마리는 우리네 양보다 그리 작지도 않았습니다. 달 주민들이 전쟁에 사용하는 가장 탁월한 무기는 무인데 투창처럼 사용하고 있었고, 이 창에 찔린 사람은 순식간에 죽는답니다. 그들은 버섯으로 방패를 만들었고, 무가 한창인 시절이 지나고 나면 아스파라거스 순을 대신 사용하였습니다.

나는 이곳에서 시리우스별 원주민도 몇 명 보았는데, 이들은 장사 속셈에 우리와 똑같은 정찰활동을 하고 있었습니다. 시리우스별 원주민의 얼굴은 커다란 불도그처럼 생겼지요. 눈은 코 위에, 더 정확히 말해 끝부분 양쪽에 달려 있었습니다. 눈꺼풀이 없는 대신 잠자리에 들 때는 자신의 혀로 눈을 덮었습니다. 그들의 키는 대체로 5, 6미터 정도였습니다. 그러나 달 주민들 중에는 10미터 이하가 되는 이는 한 명도 없었습니다.

달 주민들에게 붙여진 이름은 약간 특이했지요. 이들은 인간이 아니라 끓이는 종족이라 불리는데, 그 이유는 우

리들과 마찬가지로 음식을 불에 익혀 먹기 때문입니다. 그런데 이들은 식사를 하는 데 시간이 거의 들지 않습니다. 왼쪽 옆구리를 열어서 음식을 한꺼번에 위 속으로 집어넣기만 하면 되기 때문이지요. 그런 다음 다시 옆구리를 닫고 한 달이 지날 때까지 기다립니다. 그러므로 이들은 1년을 통틀어 식사를 열두 번 정도 하는 셈인데―이것은 대식가나 미식가가 아니라면 모든 이들이 우리 인간의 식습관보다 틀림없이 더 좋아할 그런 습관입니다.

달에서는 사랑의 기쁨이라고는 전혀 없습니다. 끓이는 종족이든 그 외의 동물들이든 성은 한 가지밖에 없기 때문이지요. 모든 것이 나무에 달려 자라는데, 나무들은 각각의 열매에 따라 크기와 모양이 매우 차이가 난답니다. 끓이는 종족 혹은 주민들이 자라는 나무는 다른 나무들보다 훨씬 더 아름다우며, 크고 곧은 가지들이 달려 있고, 나뭇잎은 살색이며, 씨는 매우 딱딱한 껍질에 싸여 있고 길이가 거의 2미터나 되는 열매가 달려 있습니다. 이 열매가 익는 것은 색깔이 변하는 것으로 알아볼 수 있는데, 그들은 열매를 아주 조심스럽게 따서 적당한 시기가 되었다고 판단될 때까지 보관한답니다. 그런데 이 열매의 씨를 틔우려면, 끓는 물이 든 큰 가마솥에 던져 넣고 몇 시간 기다려야 합니다. 그러면 껍질이 벌어지면서 그 속의 생명체가 밖으로 빠져나오지요.

새 생명체의 정신은 항상 세상에 태어나기 전에 이미 자연에 의해 특별한 용도에 맞게 만들어져 있습니다. 어떤 열매에서는 군인이 태어나고, 다른 열매에서는 철학자가, 또 어떤 열매에서는 신학자가, 네 번째 열매에서는 법률가, 다섯 번째 열매에서는 소작인, 여섯 번째 열매에서는 농부 등이 차례로 태어난답니다. 그리고 이들 각자는 이론상으로만 알고 있던 것을 곧장 실행으로 옮겨 완벽함을 갖추기 시작합니다. 껍질을 보고 그 속에 무엇이 들었는지 확실하게 알아내는 것은 매우 힘듭니다. 그러나 내가 달에 있을 때 그곳의 한 신학자는 자신이 이 비밀을 알고 있다고 엄청난 소란을 피웠습니다. 주민들은 그 신학자의 말을 믿지 않았고, 대체로 그를 미쳤다고 여겼지요.

달 주민들은 늙으면 죽지 않고 공중에서 분해되어 연기

처럼 사라져버립니다. 그들의 몸은 숨을 내쉬는 것을 제외하면 배출이 전혀 되지 않기 때문에, 음료를 따로 마실 필요가 없습니다. 그들의 손에는 각각 손가락이 하나씩만 달렸으며, 그것으로도 모든 일을 엄지 외에 네 손가락을 더 가진 우리 인간만큼 혹은 우리보다 더 잘할 수 있지요.

그들은 머리를 오른쪽 겨드랑이에 끼고 다니며, 심하게 몸을 움직여야 하는 여행이나 일을 할 때는 대개 집에 두고 나갑니다. 왜냐하면 아무리 멀리 떨어져 있더라도 머리와 교감을 나눌 수 있기 때문이지요. 또한 달 주민들 중 신분이 높은 양반들은 일반 주민들의 사정이 어떻게 돌아가는지 알고 싶을 때 그들 사이를 몸소 돌아다닐 필요도 없습니다. 그들은, 다시 말해 몸은 집에 머물러 있고 머리만 내보내는 것입니다. 머리는 신분을 숨기고 어디든 가볼 수 있으며, 그 후에 주인의 뜻에 따라 수집한 정보들을 가지고 돌아온답니다.

달의 포도씨는 우리 지구의 우박과 똑같이 생겼는데, 나는 달에서 폭풍이 일어나 포도들이 송이에서 떨어져 날리면, 그 포도씨가 지구로 내려가면 우박으로 변한다고

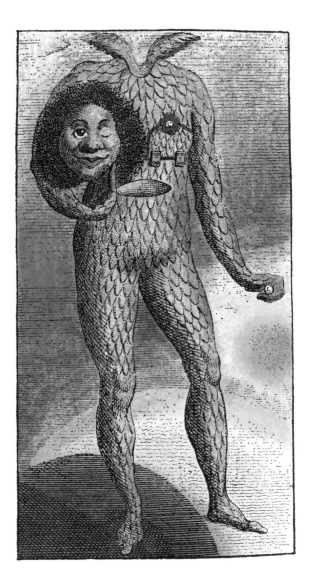

아주 확신하고 있답니다. 또한 내가 이렇게 설명한 내용은 많은 포도주 판매상들도 이미 오래 전부터 틀림없이 잘 알고 있다고 믿습니다. 어쨌든 나는 우박 알갱이로 만든 것으로 보이고, 달나라의 포도주와 맛이 똑같은 포도주를 아주 자주 마셨기 때문입니다.

한 가지 기이한 사실을 빼먹을 뻔했군요.—달 주민들에게 배는 우리가 배낭을 사용하는 것과 똑같은 용도로 사용됩니다. 그들은 필요한 것을 뱃속에 집어넣고, 그것을 위와 마찬가지로 마음대로 열고 닫습니다. 왜냐하면 그들은 거추장스러운 옷을 입고 다니지 않듯이 장, 간, 심장 그리고 그 밖의 내장들도 달고 다니지 않기 때문이지요. 또한 온몸 어디에도 가려야 마땅한 성기도 달려 있지 않습니다.

그들은 눈을 마음대로 꺼내고 집어넣을 수 있으며, 머리 부분에 달려 있을 때나 손에 들고 있을 때나 잘 볼 수 있습니다. 우연히 한쪽 눈을 잃거나 다치더라도 다른 사람들에게서 하나 빌리거나 살 수 있고, 그것 역시 자기 눈이나 다름없이 사용할 수 있답니다. 이 때문에 달에서는 어디서나 눈을 거래하는 주민들과 마주치게 되지요. 그리고 오직 이 문제에 있어서만 모든 주민들이 대체로 나름의 변덕을 부린답니다. 어떤 때는 녹색 눈이 유행하고, 어떤 때는 갈색 눈이 유행하니까요.

나는 여러분이 이런 일들을 이상하게 여길 것이라는 점을 인정합니다. 그러나 조금이라도 의심이 드는 사람은 직접 달에 가서 한 치도 벗어나지 않은 사실임을 확인해보기 바랍니다(이 책이 1788년에 나온 것임에 유의하라― 역주). 아마 나만큼 정직한 사람도 없을 겁니다.

그 외의 진기한 모험들을 포함하여

여러분의 눈빛을 보니, 내가 인생의 진기한 사건들을 들려주는 것이 피곤할 뿐이지 여러분은 그렇지 않은 것이 분명해 보입니다. 여러분의 호의가 너무나 고마워서 달 여행 이야기로 끝마칠 수가 없군요. 그러니 원한다면 이 야기를 하나 더 들려주도록 하겠습니다. 이 이야기는 그 진실성에 있어서는 앞의 것과 같지만, 아마 훨씬 더 기이

기이하고 놀라울 것입니다.

브라이던[38]의 시칠리아 여행기를 아주 재미있게 읽고 나자 나는 에트나 산을 찾아가보고 싶은 기분이 들었습니다. 그곳으로 가던 도중에 나에게 특별한 일은 없었습니다. 나에게라고 말한 것은 다른 사람들은 분명 많은 것들을 참으로 이상하다고 여겼을 것이기 때문입니다. 그리고 여행경비를 조금이라도 줄이기 위해 주변 사람들에게 나로서는 매일 겪는 시시한 일들을 아주 장황하게 늘어놓았을 것입니다. 이런 시시한 이야기로 명망 있는 남자들의 인내심을 바닥나게 해서는 안 되겠지요.

어느 날 나는 아침 일찍부터 그 산자락에 위치한 오두막에서 나와 정상을 향해 오르기 시작했습니다. 목숨을 걸고서라도 이 유명한 화산 분화구의 내부 모습을 조사하고 탐색해보기로 굳게 결심했지요.

세 시간 동안 힘들게 올라가자 산꼭대기에 도달했습니

---

38 Patrick Brydone(1741−1818), 영국의 물리학자이자 저술가. 그의 저서 『Tour through Sicily and Malta』(1773)는 그의 생시에 이미 약 8판까지 나왔다. 독일어와 프랑스어로도 번역되었다.

다. 화산은 그때 막 불을 내뿜었고, 이미 3주 동안이나 요동치고 있었지요. 화산이 상황에 따라 어떤 모습을 보이는지는 이미 자주 묘사되었기 때문에, 그와 다를 바 없다면 확인을 위해서는 너무 늦게 찾아온 셈입니다. 그러나 알려진 그대로가 아니라면, 내 경험상 이번이 절호의 기회가 될 것입니다. 만약 나도 이 불가능한 일을 시도하느라 시간을 허비하고, 여러분의 흥겨운 기분도 망치는 것이 아니라면 말이죠.

분화구를 세 바퀴나 돌고 나서―이것은 엄청나게 큰 깔때기 모양이라고 생각하면 좋을 것 같군요―그렇게 하는 것으로는 전혀 알아낸 것이 없다는 판단이 섰기 때문에, 나는 그 속으로 뛰어 들어가 보기로 결심했습니다. 속으로 내려가자 마치 엄청나게 더운 찜통 속 같았습니다. 그리고 내 가련한 몸은 끊임없이 솟구치는 시뻘건 용암덩이 때문에 여기저기 온통 비참하게 멍들고 그을렸지요.

용암이 분출되는 힘이 엄청나기는 했지만, 내 몸이 아래로 떨어지는 무게가 훨씬 더 컸기 때문에 잠시 후에는 운 좋게도 바닥에 도달했습니다. 내가 처음으로 알아들은 것은 주변에서 나는 것 같은 끔찍한 고문, 굉음, 비명, 저주 소리였습니다. 그런데 눈을 떠보니 이게 웬일인가요!—불의 신 불카누스 와 그의 부하 키클로프스들 사이에 누워 있었습니다. 이 남자들은—나는 현명하게 판단해서 이들이 꾸며낸 존재라고 여긴 지 이미 오래 되었지요—3주 전부터 질서와 복종에 관해 언쟁을 벌이고 있었고, 그 때문에 바깥세상이 그토록 요란하게 돌아갔던 것입니다. 나의 출현으로 한순간에 무리들 전체가 조용해졌고 질서를 회복했습니다.

불카누스는 즉각 다리를 끌며 금고로 가더니 반창고와 고약을 가지고 와서 직접 내 몸에 발라주더군요. 그러자 상처는 순식간에 아물었습니다, 그는 또한 기운을 차릴 몇 가지 음료도 내놓았는데, 오직 신들만 맛볼 수 있는 넥타 한 병과 여러 가지 값진 포도주였습니다. 어느 정도 원기를 회복하자 그는 나를 부인인 비너스 여신에게 소

———— 로마의 불의 신.

그리스 전설에 의하면 외눈박이 거인들로, 헤파이스토스(불카누스)의 대장간 일꾼들이었다.

개했고, 지금 내게 필요한 모든 편의를 제공하도록 지시했습니다.

비너스 여신이 나를 데리고 간 방의 아름다움, 앉도록 권했던 소파의 안락함, 여신의 온몸에서 뿜어 나오는 신비한 매력, 그 온화한 마음씨가 주는 감동—이 모든 것은 그 어떤 말로도 표현할 수 없을 정도로 고상했고, 생각만 해도 머리가 아찔할 지경입니다.

불카누스는 에트나 산에 관해 아주 자세히 설명해주었습니다. 에트나 산은 자신의 대장간 화로에서 뿜어져 나오는 재가 쌓인 것에 지나지 않으며, 자기 부하들에게 벌을 내려야 할 필요가 생기면 불같이 화를 내며 그들을 향해 이글거리는 석탄을 내던진다고 합니다. 부하들은 이것을 종종 아주 솜씨 좋게 막아내서 아예 바깥세상으로 내던진다고 하더군요. 그의 설명은 계속되었습니다.

"우리의 언쟁은 가끔 여러 달이 걸리기도 하며, 이것이 바깥세상에서 일으키는 현상을 사멸할 운명의 그대 인간들은 화산 폭발이라고 부른다네. 베수비오 산 역시 내 작업장들 중의 하나며, 그곳으로 가는 길은 바다 아래로 나 있는데, 길이가 자그마치 500킬로미터나 되지. ―이와 비슷하게 언쟁이 벌어지면 그곳에서도 역시 화산 폭발을 일으킨다네."

이같은 신의 설명도 마음에 들었지만, 무엇보다 그의 부인과 어울리게 된 것은 더욱 마음에 들었습니다. 그래서 만약 부지런하고 심술궂은 수다쟁이 몇 명이 불카누스의 착한 마음속에 세찬 질투의 불길을 당겨놓지 않았다면, 나는 아마 결코 그 지하 궁전을 떠나지 않았을 것입니다.

어느 날 아침 화장을 하고 있는 여신을 찾아뵈려는 순간, 그는 다짜고짜로 나를 한 번도 본 적이 없는 어떤 방으로 끌고 갔습니다. 그곳에는 우물이 하나 있었는데, 내 짐작으로는 깊어 보였습니다. 그는 나를 우물 위로 번쩍 들어 올리고 이렇게 말했습니다. "배은망덕한 인간 같으니, 네가 온 세상으로 돌아가버려." 이 말과 함께 그는 변명할 틈도 주지 않고 나를 깊은 우물 한가운데로 떨어뜨려버렸습니다. 나는 점점 더 빠른 속도로 한없이 아래로 떨어졌고, 두려운 마음에 정신을 놓아버렸습니다. 그러다 별안간 바다만큼 넓은 물 속에 빠져 정신을 차리게 되었습니다.

그곳은 햇빛을 받아 환하게 반짝이고 있었지요. 나는 어려서부터 헤엄을 잘 쳤고, 물에서 가능한 어떤 재주도 부릴 수 있었습니다. 그 때문에 나는 금세 편안한 상태가 되었고, 내가 빠져나온 그 끔찍한 상황에 비하면 마치 천국 같았습니다.

사방을 둘러보았지만 보이는 것은 온통 물뿐이었지요. 기후도 불카누스의 대장간 화로와는 견딜 수 없을 정도로 차이가 났습니다. 마침내 좀 멀리 떨어진 곳에서 무언가를 발견했는데, 엄청나게 큰 바위처럼 생긴 그 물체는 내 쪽으로 다가오고 있었습니다. 얼마 후 그것이 떠다니는 빙산이라는 것을 알았습니다. 한참을 둘러본 후에 나는 마침내 기어오를 수 있는 곳을 발견하고 그 꼭대기까지 올라가보았습니다. 그러나 그곳에서도 육지를 발견하는 것은 불가능했기 때문에 실망은 말로 표현할 수 없을 정도였습니다.

어둠이 내리기 직전에야 내 쪽으로 다가오는 배 한 척

을 발견했습니다. 배가 충분히 가까워졌을 때 나는 소리를 질렀습니다. 선원들은 네덜란드어로 대답을 했지요. 나는 바다 속으로 뛰어들어 그 배를 향해 헤엄쳐 갔고 배 위로 끌어올려졌습니다. 이곳이 어딘지 물었더니 남태평양이라고 하더군요. 이제 단번에 모든 수수께끼가 풀렸습니다. 내가 에트나 산에서 지구의 중심을 관통해서 남태평양으로 떨어진 것이 확실했습니다.

내가 지나온 길은 어떠한 경우에도 세계를 빙 도는 길보다 더 짧았습니다. 지금까지 나 말고는 어느 누구도 그 길을 지나오지 않았으며, 만약 다시 한 번 그 길을 지나간다면 반드시 더욱 꼼꼼하게 살펴볼 작정입니다.

나는 기운을 차려 음식을 약간 먹고 잠자리에 들었습니다. 그러나 그 네덜란드인들은 참으로 말이 통하지 않는 선원들입니다. 나는 고위 승무원들에게 여러분에게 하는 것과 똑같이 간단하게 모험담을 들려주었지요. 그들 중 몇 사람, 특히 선장은 믿지 못하겠다는 듯이 얼굴을 찌푸렸습니다. 그렇지만 그들은 나를 친절하게 배에 태워주었고, 나는 전적으로 그들의 호의에 의존해야 했기 때문에,

좋든 싫든 험담은 꾹 눌러 참아야만 했지요.

나는 그들에게 어디로 항해하고 있는지 물었습니다. 그들은 새로운 탐사를 하고 있다고 대답했고, 만약 내 이야기가 사실이라면 아무튼 그들의 목적은 달성되었다는 것이었습니다. 우리는 쿡 선장¹ 이 지나갔던 항로로 가고 있었고, 그 다음 날 아침 오스트레일리아의 보타니 만² 에 도착했습니다―진정 그곳은 영국 정부가 나쁜 범죄자들을 벌주기 위해서가 아니라 공을 세운 사람들에게 휴가로 보내줘야 할 장소였지요. 자연이 최고의 선물을 그토록 풍요롭게 뿌려놓았으니까요.

우리는 이곳에서 3일 동안만 머물렀습니다. 다시 항해를 시작한 지 나흘 만에 무서운 폭풍이 일어 몇 시간 뒤 돛은 모두 찢어졌고, 이물 돛대도 망가졌고, 커다란 중앙 돛대도 꺾였습니다. 그 중앙 돛대는 바로 우리의 나침반

---

1 James Cook(1728–79), 영국의 선장, 태평양과 오스트레일리아 동부 해안의 수많은 섬들을 발견, 알래스카 해안과 베링 해협을 탐사했고, 남극해로 진출했다.
2 오스트레일리아 남동해안의 만, 시드니 남쪽, 제임스 쿡 선장이 1770년 그곳에서 발견한 미지의 식물 이름을 따서 지명으로 불리게 되었으며, 영국인들이 유형지로 사용하였다.

이 들어 있던 보관함 위로 떨어져 상자와 나침반을 산산 조각 내었습니다. 바다로 항해를 해본 사람이라면 누구나 이러한 손실이 얼마나 비참한 결과가 되는지 잘 알고 있 겠지요.

이제 우리는 어디가 어딘지 알 수 없었습니다. 마침내 폭풍이 잦아들었고, 그 후로는 상쾌한 순풍이 불었습니 다. 우리는 석 달이나 항해를 계속했고, 따라서 꽤 먼 거 리를 지나온 것이 틀림없었습니다.

그러던 중 별안간 주변의 모든 것에 엄청난 변화가 있 다는 것을 알아차렸습니다. 기분이 너무나 상쾌하고 즐거 워졌습니다. 지극히 기분 좋은 향수 냄새로 가득했고, 바 다도 색이 바뀌어 더 이상 녹색이 아니라 흰색이 되었습 니다.

이렇게 놀라운 변화가 찾아온 직후에 육지가 나타났습 니다. 그리 멀지 않은 곳에 항구가 하나 있어 우리는 그곳 으로 배를 몰았습니다. 그 항구는 매우 넓고 깊었지요. 그 곳은 물이 아니라 아주 맛있는 우유로 채워져 있었습니 다. 우리는 육지에 상륙했는데—섬 전체가 커다란 치즈로 이루어져 있었지요.

만약 어떤 이상한 일 때문에 눈치채지 못했다면 그 사실을 전혀 몰랐을 것입니다. 말하자면 우리 배에는 선천적으로 치즈를 싫어하는 선원이 한 명 있었던 것입니다. 이 선원은 육지에 도착하자마자 기절해버렸습니다. 그는 다시 정신을 차렸을 때 자기 발에 붙은 치즈를 제발 좀 떼어달라고 간청하는 것이었습니다. 그래서 사람들이 자세히 살펴보고는 그의 말이 전적으로 옳았다는 사실을 알게 되었지요.

이미 말씀드렸듯이, 섬 전체가 순전히 하나의 거대한 치즈로 이루어져 있었습니다. 그곳 주민들도 대부분 그 치즈를 먹고 살았으며, 낮에 없어지는 양만큼 밤에 다시 생겨났습니다. 우리는 크고 먹음직스러운 포도들이 달린 수많은 포도나무도 보았는데, 포도를 짜니 다름 아닌 우유가 흘러나왔습니다.

주민들은 서서 걷는 멋진 동물로, 키는 대부분 3미터 가까이 되었고, 팔은 하나에 다리는 세 개가 달렸습니다. 그리고 이들이 어른이 되면 이마에 뿔이 하나 솟아나는 데, 이것을 아주 능숙하게 사용했습니다. 이들은 우유 위에서 달리기 시합을 했으며, 마치 초원에서 산책을 하듯이 가라앉지도 않고 아주 우아하게 돌아다녔습니다.

이 섬 혹은 치즈 위에는 이삭이 팬 수많은 곡식들도 자랐는데, 송로버섯같이 생긴 곡식 속에는 완전히 익어서 당장 먹을 수 있는 빵이 들어 있었습니다. 우리는 이 치즈 위를 탐사하던 중 우유가 흐르는 일곱 개의 강과 포도주가 흐르는 두 개의 강을 발견했습니다.

16일 동안 여행을 한 끝에 우리는 처음 도착한 곳의 반대편 해안에 도달했습니다. 여기서 상당히 긴 구간에 걸쳐 진정한 치즈 애호가들이 그토록 법석을 떠는 삭은 푸른 치즈를 발견했습니다. 그러나 치즈 속에 효모가 들어 있는 대신, 그 위로 맛이 아주 뛰어난 과일나무들이 자라고 있었지요. 복숭아, 살구 그리고 전혀 들어보지도 못한 그 밖의 무수한 과일들이 달려 있었습니다.

엄청나게 큰 이 나무들에는 수많은 새 둥지들이 있었습니다. 특히 물총새 둥지가 눈에 띄었는데, 그것은 둘레가 런던의 성 바울 교회 지붕의 다섯 배나 되었지요. 둥지는 거대한 나무들로 정교하게 엮여져 있었고, 크기가 대략 돼지 머리만한 알이 적어도―내가 꼼꼼히 확인하는 동안 여러분은 잠시 기다리시라―500개나 들어 있었습니다. 우리는 알 속의 새끼들을 보는 것뿐 아니라 지저귀는 소리도 들을 수 있었습니다. 아주 힘들어서 그 알 하나를 깨자 솜털이 촘촘이 난 새끼 새가 나왔는데, 다 큰 콘도르 스무 마리보다 훨씬 더 컸습니다. 우리가 새끼 새를 놓아주자 늙은 물총새가 내려와 한쪽 발로 우리의 선장을 낚아채서 1킬로미터 이상 날아오르더니 날개로 심하게 후려친 후에 바다 속으로 빠뜨려버렸습니다.

네덜란드인들은 모두가 헤엄을 잘 치지요. 선장은 곧 우리 곁으로 돌아왔고, 우리는 다시 배로 돌아가기로 했습니다. 그러나 지난번에 왔던 길을 택하지 않았기 때문에, 전혀 새롭고 신기한 것들도 많이 발견했습니다. 무엇보다 들소 두 마리를 총으로 쏘아 잡았는데, 들소들은 뿔이 두 눈 사이에 하나만 달려 있었지요. 이 들소들을 죽인 것은 나중에 무척이나 후회가 되더군요. 왜냐하면 주민들이 들소를 길들여서 우리가 말을 이용하듯이 타고 다니고, 물건을 운반하는 데 이용한다는 사실을 알았기 때문입니다. 그 들소 고기는 맛이 아주 좋다고들 하지만, 단지 우유와 치즈만 먹고 사는 주민들에게는 전혀 소용이 없는 것이었습니다.

배가 있는 곳까지 걸어서 이틀 정도 걸릴 거리에 도달했을 때, 높다란 나무에 다리가 대롱대롱 매달려 있는 세 사람을 발견했습니다. 내가 나서서 무슨 일 때문에 그토록 혹독한 벌을 받고 있느냐고 물어보자, 그들은 객지로 나갔다가 집으로 돌아오는 길에 친구들을 속여서 가본 적도 없는 곳과 겪은 적도 없는 일을 꾸며서 들려주었다고 대답했습니다. 나는 그들이 벌을 받아 마땅하다고 여겼습니다. 왜냐하면 여행을 하는 사람에게는 엄격히 사실대로 말해주는 것보다 더 큰 의무는 없기 때문입니다.

우리는 배에 도착한 즉시 닻을 감아 올리고 이 유별난 땅을 떠나 항해를 시작했습니다. 해변에는 엄청나게 굵고 큰 나무 몇 그루를 포함해서 많은 나무들이 자라고 있었는데, 모든 나무들이 우리들을 향해 정확히 같은 속도로 두 번 몸을 굽혔고 그 후에 다시 이전처럼 꼿꼿한 자세를 취했습니다.

사흘 동안 어디로 향하는지도 모른 채—여전히 나침반
이 없었기 때문이지요—이리저리 항해를 한 끝에 아주
검게 보이는 바다에 도착했습니다. 우리는 바닷물의 맛을
보았는데, 이게 웬일입니까! 그것은 맛이 아주 뛰어난 포
도주였습니다. 이제 우리는 모든 선원들이 그 포도주를
마시고 취하지 않도록 감시하느라 진땀을 뺐습니다.

그러나 기쁨은 오래 가지 않았지요. 몇 시간 후에 우리
는 고래들과 그 외의 엄청나게 큰 동물들에 둘러싸였습니
다. 그 동물들 중 한 마리는 우리가 가진 모든 망원경을
사용해도 전체를 가늠할 수 없을 정도로 컸습니다. 거기
에다가 이 괴물을 발견했을 때는 이미 너무나 가까이 다
가가 있었지요. 괴물은 단번에 입을 벌리고 돛을 모두 펼
친 우리 배를 그대로 이빨 사이로 빨아들였습니다. 이 이
빨에 비하면 아무리 큰 전함의 돛대라도 작은 막대에 지
나지 않습니다.

우리는 한동안 괴물의 입속에 들어 있었는데, 그 후에
괴물이 입을 아주 크게 벌리더니 엄청나게 많은 양의 물

을 삼켰고, 여러분이 쉽게 짐작할 수 있듯이, 한입도 되지 않는 우리 배는 위 속으로 떠밀려 내려갔답니다. 이제 우리는 위 속에서 바람 한 점 없는 날씨에 닻을 내려놓고 정박해 있을 때처럼 아주 고요히 머물러 있었습니다. 공기가 약간 후텁지근하고 불쾌했던 것은 어쩔 수 없는 일이었죠.

우리는 이 괴물이 집어삼킨 닻, 밧줄, 보트, 유람선 그리고 상당수의 짐이 실리거나 빈 배들을 발견했습니다. 모든 일은 횃불을 들고 진행해야만 했습니다. 해도, 달도, 어떤 별들도 보이지 않았기 때문이지요. 여기서는 보통 하루에 두 번 물이 차고, 두 번 물이 빠졌습니다. 이 괴물이 물을 빨아들이면 만조가 되고, 물을 내뱉으면 긴조가 되었던 것이지요.

대충 계산한 바에 의하면 이 괴물은 보통 둘레가 48킬로미터나 되는 제네바 호수가 담고 있는 물보다 더 많은 양의 물을 빨아들였습니다.

이 어둠의 나라에 갇힌 둘째 날 나는 선장과 몇 명의 고위 승무원들과 함께 정찰을 해보기로 했습니다. 우리가 흔히 썰물이라고 부르는, 배가 바닥에 닿아 있는 시간을 이용했지요. 우리들은 모두 당연히 횃불을 들고 있었고, 세계 각국의 1만 명의 사람들과 마주쳤습니다. 그들은 어떻게 하면 자유의 몸이 될 수 있는지 막 의논하려던 참이었습니다. 그들 중에는 이미 몇 해나 이 동물의 위 속에서 지낸 이들도 있었습니다. 대표가 마침 이 자리에 모이게 된 사정을 설명하려 할 때, 이 빌어먹을 괴어는 목이 말랐던지 물을 들이켜기 시작했습니다. 물이 몹시도 세차게 흘러들어왔기 때문에, 우리들 모두는 순식간에 각자의 배로 물러나거나 아니면 익사할 위험을 겪어야 했습니다. 몇몇은 가까스로 헤엄을 쳐 목숨을 건졌습니다.

몇 시간 후에는 사정이 좀 나아졌습니다. 괴물이 위장을 비운 직후에 우리는 다시 모였습니다. 내가 대표로 선출되었고, 가장 긴 돛대 두 개를 연결해서 괴물이 입을 벌릴 때 그 사이에 끼워 넣어 다시는 다물지 못하게 하자는 제안을 했습니다.

이 제안은 만장일치로 통과되었고, 징정 100명이 이 임무를 수행하기 위해 선발되었습니다. 우리가 두 개의 돛대를 묶자마자 그것을 사용할 적당한 기회가 찾아왔지요. 괴물은 하품을 했고, 우리는 즉각 묶은 돛대를 그 사이에 박아 넣었습니다. 돛대의 한쪽 끝은 혀를 관통해서 아래턱에 닿았고, 다른 한쪽은 위턱을 지탱하고 있었습니다. 이렇게 해서 정말로 입을 닫는 것이 완전히 불가능해졌으며, 돛대가 훨씬 더 약했더라도 상관 없었을 것입니다.

이제 입 안 가득 물이 차서 모든 것이 뜰 수 있게 되자 우리는 보트 몇 척에 사람들을 태웠고 노를 저어 세상으로 나갔습니다. 한낮의 햇살은—대충 계산해본 바로는—14일 동안 갇혀 지내고 나니 말할 수 없이 포근하게 느껴졌습니다.—우리들은 모두 괴물의 엄청나게 넓은 위에서 빠져나온 즉시 세계 각국의 35척의 배로 선단을 구성했습니다. 돛대는 그 괴물의 입속에 그냥 박아두고 왔는데, 그것은 다른 사람들이 어둡고 냄새나는 이 무시무시한 위속에 갇히는 끔찍한 불행을 당하지 않도록 해주기 위해서였지요.

가장 절실한 것은 우리가 지금 지구의 어느 부분에 와

있는지 알아보는 것이었습니다. 처음에는 전혀 확신할 수 없었지만 마침내 나는 이전에 본 것들을 기준으로 우리가 카스피 해에 있다는 사실을 알아냈습니다. 카스피 해는 육지로 완전히 둘러싸여 있고, 다른 대양과 연결되어 있지 않기 때문에, 우리가 어떻게 해서 여기로 오게 되었는지 도무지 이해할 수가 없었습니다.

그러나 내가 데리고 온 치즈섬 주민 한 명이 아주 납득할 만한 설명을 내놓았습니다. 그의 견해에 의하면 우리를 그토록 오래 가두고 있었던 그 괴물이 어떤 지하통로를 통해 우리를 여기까지 데리고 왔기 때문이라는 것입니다.—아무튼 우리는 이곳에 와 있는 것으로 충분했고, 또한 그 사실에 기뻐했습니다. 그래서 가능한 한 빨리 해안에 닿으려고 노력했지요. 내가 가장 먼저 육지에 발을 디뎠답니다.

그런데 마른 땅에 발을 딛자마자 뚱뚱한 곰 한 마리가 나를 향해 달려들었습니다. '흥, 딱 걸렸군.' 하고 생각하며 양손으로 앞발을 하나씩 잡고 일단 환영의 표시로 아주 세차게 악수를 해주자, 곰은 심하게 울부짖기 시작했

습니다. 그러나 그것으로는 조금도 성에 차지 않아 그 자
세로 곰이 굶어 죽을 때까지 계속 붙들고 있었습니다. 이
일로 나는 모든 곰들에게서 우두머리로 인정받았고, 어
떤 곰도 감히 나의 길을 가로막지 못했습니다.

나는 이곳을 출발해서 상트 페테르부르크로 향했고, 그
곳에서 오랜 친구로부터 참으로 소중한 선물을 하나 받았
습니다. 그것은 사냥개로, 여러분에게 이미 얘기해준 적
이 있듯이, 토끼를 뒤쫓으면서 새끼를 낳았던 그 유명한
암캐의 후손이지요. 아쉽게도 그 개는 얼마 후에 솜씨가
서툰 사냥꾼의 총에 맞아 죽었습니다. 그는 메추라기 대
신 몰이를 하던 내 개를 맞힌 것입니다.

나는 기념 삼아 그 개의 가죽으로 지금 이 조끼를 만들
도록 시켰고, 이 조끼는 내가 사냥철에 들로 나갈 때마다
항상 뜻하지 않게 야생동물이 발견될 만한 장소로 데려다
준답니다. 그래서 내가 맞히기에 충분할 정도로 가까이
다가가면, 조끼에서 단추 하나가 떨어져 튕겨나가 짐승이
있는 곳에 떨어집니다. 나는 항상 총의 공이를 세워두고
화약을 점화관에 재워두기 때문에 어떤 것도 놓치는 법이

없지요.

　나는 이제, 여러분도 보듯이, 단추가 세 개밖에 남지 않았습니다. 그러나 사냥이 다시 시작되면 내 조끼에는 다시 두 줄의 단추가 새로 달릴 것입니다.

　그때 여러분이 나를 찾아오면, 아주 재미나는 이야기를 꼭 들려주도록 하겠습니다. 그렇지만 오늘은 이만 작별을 해야겠으니, 다들 편히 지내길 바랍니다.

작품 해설

세계적인 명성을 얻은 '허풍선이 남작'은 누구인가

『허풍선이 남작 뮌히하우젠』에 나오는 신기한 이야기들은 '친구들 사이에서 술잔을 나누며 직접 들려주곤 했던', 독일 지방 귀족이라는 인물과 떼려야 뗄 수 없이 결부되어 있다. 상상을 뛰어넘는 이야기 재주를 지닌 이 원작의 주인공은 즉흥적 이야기가 기록으로 남은 덕분에 세계적으로 유명한 '허풍선이 남작'이라는 명성을 얻었다.

그렇지만 히에로니무스 칼 프리드리히 뮌히하우젠 남작이라는 역사적 실존 인물은 이 터무니없는 주인공에게 자신의 이름과 몇 가지 전기상의 세부사항을 제외한다면, 뛰어난 사냥꾼이자 재미있는 만담가라는 명성과 출정에서 공적을 세운 독립적인 지방 귀족이라는 신분 정도만 남겼을 뿐이다. 더욱이 이 모든 것도 그의 의도가 아니었다.

보덴베르더—린텔른 가문 출신의 히에로니무스 폰 뮌히하우
젠은 1720년 5월 11일 생이며, 볼펜뷔텔의 브라운슈바이크 왕
가의 궁정에서 시동으로 성장했다. 그는 열여덟 살이 되던 해에
영주인 브라운슈바이크 공작의 동생 안톤 울리히 왕자를 따라
러시아로 갔으며, 처음에는 그의 연대의 예비 사관으로, 나중에
는 소위로 복무했다. 이 젊은 장교가 '모험'에서 큰 비중을 차
지하는 러시아—터키 전(1735−39)에 참전했는지는 확실하지
않다. 다만 러시아군에 가담해서 대 스웨덴 전쟁에 참여한 것은
기록으로 입증되어 있다. '대혁명 시절' 무렵에 러시아를 떠나
는 책 속의 뮌히하우젠과는 달리 이 역사적인 인물은 1740년과
41년에 연달아 일어난 정변에 거의 관련되지 않았다. 그의 후견
인 안톤 울리히 왕자가—어린 황제(이반 6세)의 아버지로 일시
적인 공동 섭정을 하고 있었기 때문에—새로 등극한 표트르 대
제의 딸 엘리자베타 여제에 의해 시베리아로 유배되었던 반면,
뮌히하우젠은 그 여제의 신하로 남아 있었다. 그는 1750년에 기
병 대위로 진급했지만, 그해 11월에 2년의 휴가를 얻어 러시아
를 떠났으며, 자신의 세습 영지인 보덴베르더를 다시는 떠나지
않은 것으로 보인다.

이곳에서 그는 터무니없는 사냥 이야기를 들려주는 재담가로
서 지역적인 명성을 얻었다. 그는 술잔을 나누고 담배를 피우면
서 술자리에 모인 사람들의 통상적인 사냥 체험담과 과장된 재

담들을 훨씬 뛰어넘는 이야기 솜씨를 보였는데, 그런 식으로 거짓말을 질책했다고 한다. 그는 1744년에 쿠를란트 출신의 여인과 결혼했으며, 부인이 1790년 사망할 때까지 자식은 없었지만 행복한 결혼생활을 했다. 노년에는 방탕한 소령의 딸 베른하르디네 폰 브룬과 재혼해서 말년을 비통하게 보내다가 1797년 2월 22일에 사망했다.

뮌히하우젠은 61세 되던 해에 아우구스투스 밀리에에 의해 베를린에서 발행된 재미난 이야기 모음집 중의 하나인 『익살꾼을 위한 입문서』 8부에 등장했는데, 익명으로 쓰인 'M-h-s-n〔뮌히하우젠〕 이야기' 라는 제목의 16가지 일화들에 나온다. 2년 후인 1783년에는 그 책의 9부에 'M의 거짓말 두 가지' 가 더 추가되었지만 글쓴이가 누구인지는 오늘날까지 밝혀지지 않고 있다. 'H〔하노버〕' 가문 출신의 '매우 재치 있는 인물' 에 빗댄 이야기라는 것이 알려진 전부이다. 만약 루돌프 에리히 라스페 (1737-94) 교수가 런던으로 피신했을 때 이『익살꾼을 위한 입문서』 두 권을 입수하지 못했다면 말이다.

이 책의 저자 뷔르거보다 앞서 『허풍선이 남작의 모험』을 쓴 라스페는 뮌히하우젠과 동향인 하노버 출신이다.

라스페는 성공을 보장하는 작품 소재를 찾던 중 『익살꾼을 위한 입문서』에 나오는 이야기들을 연속되는 이야기로 묶어 러시아—터키 전쟁 에피소드들을 끼워 넣었고, 특히 자신이 독일에서 지내던 시절에 알았을 가능성이 있는 남작의 이름과 거주지를 사용했다. 이 49쪽의 1실링짜리 소설은 1785년에 『뮌히하우젠 남작의 놀랄 만한 여행과 러시아 출정에 관한 이야기(Baron Munchausen's Narrative of his Marvellous Travels and Campaigns in Russia)』라는 제목으로 익명으로 발행되었으나, 오늘날에는 단 한 권도 남아 있지 않다. 라스페는 금세 매진된 이 책에 이어 그 다음해에 2판을 내놓았고 처음으로 몇 가지 '바다 모험 이야기'를 덧붙였다.

당시 괴팅엔 대학 강사였던 고트프리트 아우구스트 뷔르거는 서둘러 외국에서 널리 인정받은 자국의 작품을 독일어로 다시 썼고, 거기에 그 시대를 빗댄 몇 가지 이야기들과 새로운 일화들도 추가했다. 베이컨으로 오리 잡기, 끊임없이 휘두르는 팔, 마차 관통하기, 늪지에서 벗어나기, 꿀을 바른 짐수레 손잡이에 갇힌 곰 그리고 재주 있는 다섯 하인들 이야기는 뷔르거가 1786

215

년에 나온 독일어판 『허풍선이 남작의 모험』에 추가한 것이며, 이 책은 익명으로 런던이라는 가짜 발행지를 붙여 괴팅엔에서 발행되었다.

　그 사이 영국에서는 라스페 작의 『허풍선이 남작의 모험』의 신판들이 연이어 발행되었다. 거기에는 '바다 모험 이야기'가 새롭게 추가되었는데, 기존의 재치 있는 사냥과 모험담 외에 상상의 달세계, 우유의 바다, 치즈섬, 물고기 뱃속에 갇히는 이야기 등 점점 더 환상적으로 변모하는 이야기들이 늘어난 것이다. 지리적, 동물학적으로 터무니없는 장면들을 생각나게 해준 주 근원지는 루키아노스의 『진짜 이야기들』로, 라스페는 이것을 어느 정도 변용해서 이야기를 꾸몄다. 당시의 기행문이나 비망록에 나오는 주목할 만한 이야기들이 선택되고 과장되고 패러디되었다. 그리하여 뮌히하우젠 남작의 모험은 적어도 이 책의 2부에서는 점점 더 '상상의 항해'로 빠져들었으며, 이상향적이고 모험에 넘치는 기행소설로 바뀌었다. 그래서 영국에서 나온 3판의 제목은 '부활한 걸리버'가 되었다.

재미와 전형을 갖춘 『허풍선이 남작 뮌히하우젠』

뷔르거는 1788년에 새 독일어판을 낼 때 마침 나온 영어판 5판을 '남의 것이 아니라 고유의 정당한 유산'으로 취급했다. 그는 몇 가지 영국 특유의 지역적인 관심사를 삭제하는 대신 다른 에피소드들은 윤색하고, 보충하고, 순서를 바꾸었으며, 1부에 철판 두개골을 가진 장군, 꽂을대에 꿰인 메추라기, 오줌을 얼려 뮌히하우젠이 위험에서 벗어나는 사건, 포인터 필의 행동, 반쪽이 된 말의 뒤쪽 몸통이 독자적으로 행동하는 이야기 등을 추가했다. 뷔르거의 출판인 디터리히에 의해 괴팅엔에서 이번에도 익명에 발행지는 런던으로 해서 발행된 『허풍선이 남작 뮌히하우젠』은 유럽 대륙과 영국 사이를 정말 모험적으로 오락가락한 후에 마침내 그 전형적인 형태를 갖추게 되었다.

출처가 아주 다양한 재담, 일화, 망상들을 한 인물을 중심으로 배열함으로써 비로소 형태를 갖추게 된 기상천외한 이야기를 들려주는 허풍선이 남작은 문학 작품에서 유래했다는 것을 잊게 할 만큼 통속적인 인물로 변했다. 이 책의 원동력이 확실한 히에로니무스 폰 뮌히하우젠과 그의 사회적 지위를 통해 필연적으로 생겨난 이 전형적인 인물은 물론 이 책의 성공에 많은 영향을 미쳤다. 뮌히하우젠 남삭은 점잖은 신사이며 사기꾼 같은 면은 보이지 않는다. 그는 기상천외한 거짓말을 느긋하고 침착하게, 말하자면 하노버 가문의 '삼가는 표현'으로 들려준다.
물론 뮌히하우젠의 활발한 행동은 질풍노도 시대의 천재적인
영웅들을 떠올리게 해주지만, '이성의 시대'도 마찬가지로 그
에게 강한 영향을 미쳤다. 아무리 절망적인 상황에서도 그는 냉
철한 성찰을 잃지 않는다. 그것은 바로 자신이 처한 딜레마에서
벗어나게 해주는 기발한 착상, 논리적 결론인 경우가 많다. 물
론 이 논리는 그것을 이행하는 데 있어 대개 자연법칙과만 충돌
하는 것이다. 처음에는 다들 뮌히하우젠의 꾸며낸 이야기들을
현실과 비교할 준비가 전혀 되어 있지 않았을 것이다. 모든 것
이 사실이며 진짜로 있었던 일이라는 맹세가 없었다면 말이다.
이렇게 진실이라고 주장하는 것이 사기꾼의 논리에는 어긋날
수도 있을 것이다. 만약 바로 이렇게 의심이 가도록 단호하게
사실임을 맹세하는 데 허풍이 게재되어 있으며, 그렇게 해서—
오랜 문학적 전통에 따라—회심의 미소라는 더 높은 차원에서
속이는 사람과 당하는 사람 사이에 다시 의견일치가 생겨날 수
있다는 것을 암시하지 않는다면 말이다.

　스스로 어려움을 헤쳐 나갈 줄 아는 적극적인 남자 뮌히하우
젠은 특히 이 책의 1부에서 자신의 재능, '용맹함과 침착함'을
펼쳐 보이는 기회를 얻는다. 2부에서는 사냥꾼이자 군인으로서
세계를 누비고 다니며 시대를 초월한 동화의 주인공이 된다. 그
것은 전설적인 신비의 세계뿐 아니라 달과 지하세계까지 유랑

하며 놀라운 일들에 관해 보고하기 위함이다. 여기서 뮌히하우젠은 자신의 선조들도 끌어들이며 영국의 셰익스피어, 엘리자베스 여왕을 거론한다. 그 외에도 바다 세계를 통해 허풍 활극에 풍요로움을 더해준다. 주인공은 심리학적으로 세분화되지 못한 일화와 신기한 이야기의 전달자로서 근본적으로 어떤 사람과도 대체될 수 있다는 사실이 드러난다. 그러나 달과 지하세계, 그리고 엄청나게 넓은 괴어의 뱃속까지 여행한 후 마지막에는 '원래의' 뮌히하우젠이 다시 등장해서 어느 누구도 그리 쉽게 흉내 낼 수 없는 재주를 보이며 작별을 고한다. 그 재주란 자신을 공격하는 곰의 앞발을 세차게 잡고 굶어 죽을 때까지 그대로 있는 것이다.

대부분의 거짓 이야기들의 내용은 무수한 구전이나 기록으로부터 점점 허구의 화자의 것이 되었다. 뮌히하우젠 초고라 할 수 있는 『익살꾼을 위한 지침서』에 나오는 일화들이나 뷔르거가 추가한 내용, 그리고 문학적 뼈대는 여러 형태로 변화되고 변용되어 전해온 옛 모티브들을 담고 있다. 속이 뒤집어진 늑대나 반 토막으로 잘린 말 같은 일화들은 16세기의 해학책에서 바로크시대의 희극을 거쳐 뮌히하우젠에 이르고 있다. 나무기둥에 박힌 어금니를 휘어서 멧돼지를 제압하는 것은 동화『용감한 재단사』를 떠올리게 할 뿐 아니라 나무를 이용해 일각수를 잡을 수 있다는 중세의 믿음도 담고 있다. 거대한 물총새는 신드바드

219

의 바다 모험 편에 나오는 루흐라는 새를 재현한다. 물고기 뱃속에서 살아나온 남자 그리고 치즈섬, 우유의 바다에서는 그 근원이 신화가 형성되던 까마득한 태고시절로 모습을 감춘다. 이 패러디 이면에는 물고기 뱃속의 요나스와 우유와 꿀이 흐르는 땅이 엿보인다. 뮌히하우젠 이야기가 가장 넓은 의미에서의 세계문학과 이렇게 유사하기 때문에 지역적인 독창성이 세계적으로 인정받는 유명 작품이 되는 것은 전혀 놀라운 일이 아니다.

창조적 예술작품이 된 허풍선이의 이야기

『허풍선이 남작의 모험』이 1780년대에 발표되었을 때는 대단히 참신한 책이었다. 뷔르거는 자신이 살고 있는 세상을 움직이는 것에 관심을 갖고 이 책을 다루었다. 영국인들과 프랑스인들이 지브롤터 해협을 둘러싸고 벌인 전투, 많은 동시대인들에게 허황된 이야기에 가까웠을 블랑샤르의 열기구 실험은 매우 시사적인 주제였으며, 이 해학과 거짓말의 책에 그 세기의 분위기를 불어넣었다. 하지만 일화가 풍자로 첨예화되는 대목에서는 아주 정확한 시대 분위기는 부여되지 않았다. 대부분의 모티브들이 옛것에서 따온 것이고, 라스페가 그것을 한 인물을 중심으로 모으는 계기를 부여했고, 괴팅엔에서 게오르크 크리스토프 리히텐베르크와 아브라함 고트헬프 케스트너가 많은 착상을 제공했다 하더라도, 지금 남아 있는 이 『허풍선이 남작 뮌히하우젠』은 오직 시인 뷔르거에 의해서만 쓰인 것이다. 그는 뒤죽박죽된 여러 이야기들에 예술작품으로 승화시켜주는 문체를 부여했다.

이 책의 매력이 얼마나 그의 문체와 연관되어 있는지는 뷔르거의 진짜 뮌히하우젠을 그 후의 수많은 추가되고, 모방되고, 후속된 판본들과 비교해보는 것으로 입증된다. 그 어떤 것도 원본의 생동감과 활기에 도달하지 못한다. 뷔르거의 문체는 명확하면서도 간결하다. 그의 문체는 명료하고 '이성적인' 표현법을 질풍노도 시대의 민중성과 분방한 태도와 결합시킨다. 비록 고대 독일적 계보도를 가진 소재와 질풍노도 시대의 의고체가 옛스러운 인상을 주기는 하지만, 그 어떤 고대 모방도 나오지 않는다. 반면에 에피소드들을 느슨하게 나열한 것은 질풍노도의 취향에 부응하는 것이었다.

뷔르거가 하필이면 익명으로 간행하여, 평생 그 사실을 고백하지 않았던 이 작품이 그가 지은 발라드보다 훨씬 뛰어난 작품성으로 사후까지 지속되는 성과를 거두었다는 점은 문학사의 역설로 보인다. 어쩌면 대학에서 강의를 했던 뷔르거에게는 이 해학·익살책에 자신의 이름을 붙이는 것이 품위가 덜어지는 것으로 여겨졌는지도 모른다.

관리로서 큰 출세를 거두지 못하고, 대농장 소작인으로도 실패하고, 문학적 성과에도 불구하고 지속적으로 금전이 부족한 생활을 했던 뷔르거는 이 책을 출간 당시 출판인 디터리히에게 공짜로 넘겼고, 저작권법이 없었던 시대라서 나중에도 책의 성공에도 불구하고 아무런 수익도 얻지 못했다. 뷔르거가 사망한지 4년, 뮌히하우젠이 사망한 지 1년 후에 비로소 의사였던 루드비히 크리스토프 알트호프는 자신의 글 〈고트프리트 아우구스트 뷔르거의 고귀한 생활형편에 관한 몇 가지 소식〉(1798)에서 『허풍선이 남작 뮌히하우젠』과 관련해서 뷔르거의 이름을 거명했다. 그때부터 뷔르거는 이 책의 원저자로 통했으며, 1824년에 와서야 뷔르거 작품들을 발행했던 칼 라인하르트가 라스페와 그 텍스트의 변천사를 언급했다. 그러나 독자들은 이미 뮌히하우젠 이면의 어떤 작가에 대해 의문을 중요하지 않은 것으로 여겼다. 서정시인으로서 그리고 자신이 이론적인 글들에서 그 누구보다 시문학의 민중성을 옹호해왔던 한 시인의 '부차적인 작품'은 '민중서'가 되어버렸고, 모든 사람들에게 너무나 친숙하게 여겨져서 저자에 대한 생각은 거추장스러운 것이 되어버렸기 때문이다.

한국에 처음 소개된 허풍선이 남작 이야기는 뷔르거가 쓴 작품이었지만 아동용이었다. 그 외에는 라스페의 작품이 번역, 소개된 바 있다. 이『허풍선이 남작 뮌히하우젠』은 여러 가지 판본을 집대성하고 뷔르거만의 문체와 상상력으로 뮌히하우젠의 이야기를 독창적인 작품으로 만들어낸 1788년의 독일어판을 원본으로 완역하였다. 18세기 독일의 시인이자 근세 발라드의 아버지로 뷔르거가 남긴 다른 어떤 작품보다도 뛰어난 성과와 업적으로 평가받는 이 책을 완역해서 우리나라에 소개하는 것은 의미가 크다.

  대포알을 타고 적진의 상공을 날아가 정탐을 하고, 늪에 빠지자 자기 머리채를 직접 끌어올려 빠져나오고, 화산 속으로 뛰어들어가 지구를 뚫고 여행했다는 '뮌히하우젠 남작'의 이야기는 여러 작가가 소설로 썼지만, 영화로도 만들어졌다.

  최초의 영화는 1911년 조르주 멜리에스 감독의 무성영화〈뮌히하우젠 남작의 환상(Les Hallucinations du Baron de Munchausen)〉이고, 후에 1943년 조제프 본 바키의〈뮌히하우젠〉, 1961년 카렐 제만의〈뮌히하우젠 남작〉이 제작되었고, 1989년에는 테리 길리엄 감독의 할리우드판〈바론의 대모험(The Adventures of Baron Munchausen)〉이 제작되었다.

또한 병적으로 거짓말을 하며 그럴 듯하게 이야기를 지어내고 마침내 자신도 그 이야기에 도취해버리는 증상인 뮌히하우젠 증후군이라는 신조어도 나왔다.

　이에 부흥하듯 이 책은 허풍선이가 되고자 하는 모든 사람들에게 적설한 기회가 있을 때마다 써먹을 수 있는 수단을 알려준다. 뮌히하우젠은 어쩌면 생각이 꽉 막힌 사람들에게 인간의 올곧은 오성을 불어넣는 일이 얼마나 힘들며, 반면에 뻔뻔한 독선가가 청중의 넋을 뺏는 일이 얼마나 쉬운지 알았을 것이다. 그래서 그는 능숙하게 그러한 문제를 중요하지 않은 것으로 돌려놓는다. 그런 다음 자신의 여행, 출정, 신기한 모험에 관한 이야기를 자기만의 독특한 어조로 들려준다. 이것이 바로 남을 속이는 은밀한 방법이자 허풍선이 재능을 유감없이 발휘할 수 있는 말솜씨이다.

　적절한 기회에 진실까도 같은 허풍을 떨어기며 청중을 지기 것으로 만들고자 하는 사람들에게 유용해서일까. 이 책은 출간하는 대로 금세 매진되었을 뿐 아니라 쇄를 거듭해나갈수록 화제의 중심이 되며 한바탕 영국과 독일을 휩쓸었다. 그 힘이나 영향력은 현대에서도 다름이 없는, 아니 더욱 필요하고 유용한 내용이며, 발상의 전환을 원하거나 풀리지 않는 현실에 맞서보고자 하는 이들에게 필독서가 될 것이다.